KB113259

체호프 단편선

Антон Павлович Чехов

세계문학전집 70

체호프 단편선

Антон Павлович Чехов

안톤 체호프
박현섭 옮김

민음사

일러두기

1 이 책의 번역 저본은 작품 해설에 밝혀 두었다.

2 본문의 각주는 모두 옮긴이 주이다.

차례

관리의 죽음

어느 멋진 저녁, 이에 못지않게 멋진 회계원 이반 드미트리치 체르뱌코프는 객석 두 번째 줄에 앉아서 오페라글라스로 「코르네빌의 종」[1]을 보고 있었다. 공연을 보면서 그는 행복의 절정에 다다른 기분이었다. 그런데 갑자기…… (소설에서는 이 '그런데 갑자기'와 자주 마주치게 마련인데, 작가들이 그러는 것도 당연하다. 인생이란 그처럼 예기치 못한 일로 가득 차 있으니까!) 그런데 갑자기 그가 얼굴을 찡그리더니 눈을 희번덕거리며 숨을 멈추었다……. 그는 오페라글라스에서 눈을 떼고 몸을 숙였다. 그러고는…… 에취! 보다시피 재채기를 한 것이다. 그 누구라도, 그 어디에서라도 재채기를 막을 수는 없는 법이다. 농

---

1) 장 로베르 플랑케트(Jean Robert Planquette, 1848~1903)의 오페레타.

부도 경찰 서장도, 때로는 심지어 국장님도 재채기를 한다. 누구나 재채기를 한다. 체르뱌코프는 조금도 당황하지 않고 손수건으로 얼굴을 훔친 다음 예절 바른 사람답게 주위를 둘러보았다. 재채기 때문에 남에게 폐를 끼친 건 아닐까? 한데 저런, 당황스런 일이 생기고 말았다. 그는 앞의 첫 번째 줄에 앉아 있던 노인이 자신의 대머리와 목을 장갑으로 열심히 닦으며 뭐라 투덜거리는 것을 보았다. 체르뱌코프는 그 노인이 운수성에 근무하는 브리잘로프 장군이라는 것을 알아보았다.

'저분에게 침이 튀었어!'

체르뱌코프는 생각했다.

'우리 부서장은 아니지만 그래도 곤란하게 됐군. 사과를 해야지.'

체르뱌코프는 헛기침을 하고 나서 앞으로 몸을 숙이고 장군의 귀에다 속삭였다.

"용서하세요, 각하. 제가 침을 튀겼군요. 본의가 아니었습니다만……."

"괜찮아요, 괜찮아……."

"제발 용서하십시오. 저는 그저…… 저도 모르게!"

"아, 앉으세요 제발! 공연 좀 봅시다!"

체르뱌코프는 머쓱해서 바보 같은 미소를 짓고 다시 무대 쪽을 보았다. 보기는 봤으나, 행복감은 더 이상 느낄 수 없었다. 불안감이 그를 괴롭히기 시작한 것이다. 휴식 시간에 그는 브리잘로프에게 다가갔다. 주변에서 얼쩡거리던 그는 마침내 용기를 내어 더듬더듬 말했다.

"제가 침을 튀겼습니다, 각하…… 용서하십시오. 전 그저…… 다만……."

"허, 정말…… 나는 벌써 잊어버렸다니까. 아직도 그 이야기요!"

장군은 그렇게 말하며 신경질적으로 아랫입술을 떨었다.

'잊어버렸다고 하지만 눈에는 원한이 담겨 있는걸.'

체르뱌코프는 그렇게 생각하며 의심스런 눈초리로 장군을 흘깃거렸다.

"말도 안 하려고 하네. 내가 전혀 그럴 의도가 없었다고 해명을 해야 될 텐데……. 재채기는 자연의 순리라고 말이야. 안 그러면 내가 일부러 침을 튀긴 거라고 생각할 거야. 지금은 그런 생각을 안 하더라도 나중에 그러겠지!"

집에 돌아온 체르뱌코프는 아내에게 자신의 무례한 행동에 대해 이야기했다. 그가 보기에 아내는 이 사건을 너무 가볍게 받아들이는 것 같았다. 그녀는 깜짝 놀라긴 했지만 브리잘로프가 다른 부서 사람임을 알고는 안심했던 것이다.

"그렇더라도 당신이 가서 사과하세요."

그녀는 말했다.

"안 그러면 당신이 사람들 있는 데서 예절도 못 차린다고 오해할 테니!"

"그래, 그래, 바로 그거야! 사과를 했는데도 그 사람은 뭔가 이상했어…… 한마디 대꾸도 없더라고. 하긴 제대로 이야기할 시간도 없었지만."

다음날 체르뱌코프는 새 관복을 차려입고 말끔하게 면도한

다음 브리잘로프에게 해명하러 갔다. 장군의 접견실에는 청원자가 많이 보였고 그들 틈에서 바로 그 장군이 벌써 접견을 시작하고 있는 것이 보였다. 장군은 몇몇 청원자들과 이야기를 주고받은 뒤에 눈을 들어 체르뱌코프를 보았다.

"기억하시려는지 모르겠지만, 각하, 어제 아르카지이 극장에서."

회계원은 여쭙기 시작했다.

"제가 재채기를 했습죠만……. 그래서 본의 아니게 침을 튀겼습니다……. 죄송하……."

"거 무슨 쓸데없는…… 그래서 어쩌겠다는 거요! 선생은 무슨 일이시죠!"

장군은 다음 청원자에게 고개를 돌렸다.

'말하기 싫다 이거군!'

체르뱌코프는 그렇게 생각하며 얼굴이 창백해졌다.

'화가 났다는 얘기야……. 아니, 이대로 내버려 둬선 안 되겠어……. 해명을 해야지…….'

장군이 마지막 청원자와 면담을 끝내고 내실로 향하려 할 때, 체르뱌코프는 황급히 그를 쫓아가며 중얼거렸다.

"각하! 제가 감히 이렇게 폐를 끼치게 된 이유는 외람된 말씀이지만 참회의 감정 때문입니다! 본의가 아니었다는 걸 제발 알아 주십시오!"

장군은 울상을 지으며 손을 흔들었다.

"여보세요, 날 놀리자는 겁니까, 뭡니까!"

그는 그렇게 말하고는 문을 닫았다.

'놀리다니 무슨 말이지?'

체르뱌코프는 생각했다.

'놀리려는 생각은 조금도 없었어! 장군은 이해를 못 하시는군! 그렇다면 좋아. 더 이상 이런 오만한 인간에게 사과하지 않겠어! 맘대로 해 보라지! 편지를 쓰는 거야, 찾아가지 말고! 젠장, 안 찾아가겠어!'

그런 생각을 하며 체르뱌코프는 집으로 돌아왔다. 그러나 편지는 쓸 수 없었다. 생각에 생각을 거듭해 보아도 무슨 얘기를 써야 될지 몰랐던 것이다. 결국 다음 날 장군에게 찾아갈 수밖에 없었다.

"각하, 저는 어제 와서 폐를 끼친 사람입니다만."

장군이 그를 의아한 눈길로 쳐다보자 그는 더듬거리며 말했다.

"그건 각하께서 말씀하신 것처럼 놀리려는 뜻이 아니었습니다. 저는 다만 재채기를 하고 침을 튀긴 것에 대해서 사과를 드리려던 것이었지, 놀리려는 생각은 없었습니다. 어떻게 제가 감히 각하를 놀리겠습니까? 만약에 제가 웃었다면 그건 높으신 어른에 대한 존경심 때문입죠. 제가 설마……."

"꺼져!"

장군은 얼굴이 파랗게 질려서 부들부들 떨며 소리를 빽 질렀다.

"뭐라고요?"

체르뱌코프는 두려움에 질려서 속삭이듯 물었다.

"꺼지라니까!"

장군이 발을 구르며 되풀이해 말했다.

체르뱌코프의 배 속에서 무언가가 터져 버렸다. 아무것도 보이지 않고 아무것도 들리지 않는 상태로 그는 문을 향해 뒷걸음질 쳤다. 그리고 흐느적흐느적 밖으로 걸어나갔다. 기계적으로 걸음을 옮기며 집에 돌아온 그는 관복을 벗지도 않은 채로 소파에 누웠다. 그리고…… 죽었다.

(1883)

공포
—한 친구의 이야기

드미트리 페트로비치 실린은 대학 과정을 마치고 페테르부르크에서 근무하다가 서른 살에 직장을 버리고 농장을 경영하기 시작했다. 농장은 그런대로 잘 굴러갔지만 아무래도 그에게 어울리지 않았으므로 나는 그가 다시 페테르부르크로 돌아오기를 바랐다. 햇볕에 그을리고 먼지를 뽀얗게 뒤집어쓴 그는 일 때문에 녹초가 된 모습으로 정문이나 현관에서 나를 맞았으며, 그다음에는 저녁 식탁에서 졸음과 투쟁을 벌이다가 아내에게 어린애처럼 이끌려 잠자리로 들어가곤 했다. 이따금 그가 졸음을 이겨 내고 부드럽고 경건한, 마치 기도하는 듯한 목소리로 자신의 훌륭한 사상들을 펼쳐 보이기 시작할 때면 나는 그에게서 경영자나 농장주가 아닌 한 지친 남자의 모습을 볼 뿐이었다. 내가 보기에 그에게 필요한 것은 결코 농장의 성공이 아니었다. 그는 다만 하루가 무사히 가기를 바랄 따름이었던 것이다.

나는 그의 농장에서 지내는 것을 좋아해서 한번 가면 이삼 일 정도 묵곤 했다. 나는 그의 집과 정원을, 넓은 과수원과 개울을, 그리고 다소 나른하고 현학적이지만 명쾌한 면도 있는 그의 철학을 좋아했다. 그 사람 자체를 좋아했다고 말하기는 좀 어려운데, 그건 아직까지도 당시의 내 감정을 정확히 해명할 수가 없기 때문이다. 그는 똑똑하고 친절하고 흥미로웠으며 또한 진실한 사람이었다. 그러나 그가 자신의 내밀한 속마음을 털어놓으며 우리의 관계를 진정한 우정이라고 말했을 때, 내가 왠지 꺼림칙하고 부담스러워했던 기억이 생생하다. 나에 대한 그의 호감 속에는 무언가 거북한 압력이 담겨 있었기 때문에 나로서는 그냥 평범한 친구 사이로 지내기를 원했던 것이다.

문제의 핵심은 그의 아내 마리야 세르게예브나가 너무도 내 마음에 들었다는 점에 있었다. 그녀와 정말로 사랑에 빠진 것은 아니었지만 나는 그녀의 얼굴과 눈, 목소리와 걸음걸이를 좋아했으며 한동안 못 보면 그녀가 그리워졌다. 당시에 나의 공상 속에서 이 젊고 아름답고 우아한 여성만큼 생생하게 떠오르는 얼굴은 없었다. 그녀에 대해서 나는 어떤 흑심도 기대도 품고 있지 않았다. 그러나 왠지 우리가 단 둘이 있을 때면 나를 친구로 생각한다던 그 남편의 말이 항상 떠올랐고, 그러다 보면 거북한 느낌이 드는 것이었다. 그녀가 피아노 앞에 앉아서 내가 좋아하는 곡을 연주하거나 나에게 무언가 재미있는 이야기를 해 주면 나는 즐겁게 들었지만, 그와 동시에 내 머릿속에는 그녀가 자신의 남편을 사랑하고 있으며 그 남편은 나의 친구이고, 그녀 또한 나를 남편의 친구로 여긴다는 생각이 비집고 들어왔다. 그러다 보면 나는 기분을 잡쳐서 시무룩해지고 답답해지고 따분해지는 것이었다. 나의 이런 변화를 눈치채면 그녀는 별생각 없이 이렇게 말하곤 했다.

"친구가 없으니까 지루하신 거군요. 들판에 사람을 보내서 그이를 불러야겠네요."

그리고 드미트리 페트로비치가 오면 그녀는 이렇게 말했다.

"자, 이제 당신 친구가 왔네요. 좋으시겠어요."

이런 식으로 일 년 반이 흘러갔다.

어느 7월의 일요일, 나와 드미트리 페트로비치는 소일거리 삼아 클루쉬노라는 큰 마을로 저녁 찬거리를 사러 갔다. 우리가 가게들을 둘러보는 사이에 해가 지고 저녁이 되었다. 그날 저녁을 아마도 나는 평생 잊지 못할 것이다. 우리는 비누처럼 생긴 치즈와 돌처럼 딱딱하고 타르 냄새가 나는 소시지를 산 다음, 맥주가 있는지 알아보려고 선술집으로 향했다. 마부는 말의 편자를 갈기 위해 대장간에 가야 했으므로 우리는 그에게 교회 옆에서 기다리겠다고 말했다. 그런데 우리가 산 물건들에게 관해 이야기를 하고 웃음을 터뜨리며 걸어가는 동안, 마치 탐정처럼 은밀한 태도로 묵묵히 우리 뒤를 밟는 사람이 있었다. 그것은 우리 군에서 '40명의 순교자'라는 꽤나 이상한 별명으로 통하는 남자였다. '40명의 순교자'는 다름 아닌 가브릴라 세베로프, 혹은 줄여서 가브류쉬카로서 한동안 나의 하인으로 있다가 술버릇 때문에 쫓겨난 자였다. 그는 드미트리 페트로비치의 집에서도 일한 적이 있는데 거기서도 똑같은 죄로 쫓겨났던 것이다. 그는 지독한 술꾼이었으며 그의 운명 자체가 그 사람 자신처럼 온통 술과 방탕에 절어 있었다. 그의 아버지는 신부였고 어머니는 귀족이었으므로 그는 출신상으로 보면 특권층에 속했다. 하지만 그의 핼쑥하고 비굴하고 땀에 절은 얼굴과 벌써 세어 가는 붉은 수염, 그리고 너덜너덜한 저고리와 바지 밖으로 비어져 나온 셔츠를 보노라면 세상에서 흔히 말하는 특권층의 흔적이라고는 도무지 찾아볼 수 없었다. 그는 교육받은 인간임을 자처하면서도 자신은 신학교를 다니다가 담배를 피운 일 때문에 퇴학당했노라고 말하곤 했다. 나중에는 주교청 직속 성가대에서 노래를 했으며 수도원에서도 이 년 정도 살다가 쫓겨났는데, 이번에는 흡연이 아니라 '나약함' 때문이었다는 것이다. 그는 두 개의 주(洲)를 도보로 편력하면서 교회 감독국이며 이런저런 관청들에 청원서를 제출했고 네 번이나 재판정에 서기도 했다고 한다. 그러다 결국 우리 군(郡)에 눌러앉아 하인, 산지기, 사냥개지기, 교회 수위 노릇을 닥치는 대로 하다가 바람난 과부 요리사와 결혼했으며 마침내 밑바닥 인생으로 전락해서 흙탕물과 쓰레기를 벗 삼아 지내고 있었다. 때문에 이제는 그가 자신의 고상한 출신 내력을 늘어놓을 때면 무슨 전설을 전하는 것처럼 스스로도 반신반의할 정도였다. 이 이야기를 할 당시에 그는 수의사나 사냥꾼을 사칭하면서 거처도 없이 떠돌아다니고 있었고 그의 아내는 종적도 없이 사라진 상태였다.

선술집을 나온 우리는 교회로 가서 현관에 앉아 마부를 기다렸다. '40명의 순교자'는 멀찌감치 서서 입에다 손을 대고 있었는데, 그것은 기침이 날 때 거기에다 예의 바르게 하겠다는 시늉처럼 보였다. 날은 벌써 어두워졌다. 저녁 공기의 눅눅한 냄새가 짙게 풍겨 왔고 달이 막 떠오르고 있었다. 별이 보이는 청명한 하늘에는 단 두 조각의 구름이 바로 우리 머리 위에 있었다. 하나는 컸고 하나는 그보다 좀 작아서 마치 외로운 모자(母子)처럼 보이는 두 구름은 저녁 노을이 사라져 가는 서쪽을 향해 사이좋게 흘러가고 있었다.

"멋진 날씨야."

드미트리 페트로비치가 말했다.

"정말 대단하죠……."

'40명의 순교자'가 맞장구를 치면서 입을 손으로 가리며 예의 바르게 기침을 했다.

"저, 드미트리 페트로비치, 이곳에는 어쩐 일로 오시게 되었는지요?"

그는 우리 대화에 끼어들고 싶은 듯 간사하게 물었다.

실린은 대꾸하지 않았다. '40명의 순교자'는 깊은 한숨을 내쉬더니 우리 쪽을 보지 않고 조용히 말했다.

"저는 오로지 한 가지 원인 때문에 고통을 받고 있습죠. 그게 무엇인지는 하나님께 여쭤봐야 할 일이지만 말입니다. 물론 저는 아무짝에도 쓸모없는 폐인입죠. 하지만 믿어 주세요. 저는 빵 한 조각도 없는 처지입니다. 개보다도 못하지요……. 용서하십시오, 드미트리 페트로비치!"

실린은 듣고 있지 않았다. 그는 감아쥔 주먹에 머리를 기댄 채 뭔가를 생각하고 있었다. 교회는 큰 길 끝의 높은 강둑 위에 서 있었기 때문에 울타리 너머로 강물과 강 건너편의 낮은 목초지가 보였으며 거기에서 모닥불 하나가 진홍색으로 불타고 있었다. 모닥불 주위로 사람들과 말의 검은 그림자가 어른거리고 있었다. 모닥불 너머로도 불빛이 보였는데 작은 마을인 모양이었다……. 거기서 사람들이 노래를 부르고 있었다.

강 위로 그리고 목초지 위로 안개가 피어올랐다. 우유처럼 희고 짙은 가느다란 안개 기둥이 물위에 비친 별빛을 덮는가 하면 버드나무 가지에 매달리기도 하면서 강 위를 배회하고 있었다. 안개 기둥들은 시시각각 모습을 바꾸었다. 어떤 것들은 서로 껴안고 있는가 하면 어떤 것들은 인사를 나누었고 어떤 것들은 수도사가 넓은 소맷자락에 감긴 손을 기도하듯 하늘로 치켜드는 것처럼 보였다……. 아마 이 광경이 드미트리 페트로비치로 하여금 유령과 죽은 이들에 대한 생각을 하게 만든 것 같았다. 왜냐하면 그가 나에게 얼굴을 돌리더니 우울한 미소를 지으며 이렇게 물었기 때문이다.

"말 좀 해 보시오, 친구. 무시무시하거나 비밀스럽거나 환상적인 이야기를 할 때, 우리는 어째서 실제의 인생으로부터가 아니라 꼭 유령이나 저승 세계에서 소재를 취하는 것일까?"

"이해할 수 없으니까 무서운 거지."

"아니 그렇다면 인생은 이해가 되시오? 말해 봐요, 그래 당신은 저승 세계보다 인생을 더 잘 이해한다고 생각합니까?"

드미트리 페트로비치가 내 곁으로 바짝 다가앉았기 때문에 나는 그의 숨결을 내 볼에 느낄 수 있을 정도였다. 저녁 어스름 속에서 그의 창백하고 깡마른 얼굴은 더욱 파리했고 짙은 턱수염은 숯보다도 더 새까맣게 보였다. 그의 눈은 우울하고 진지했으며 나에게 무언가 무서운 이야기를 할 참인 듯 다소 겁에 질려 있었다. 그는 내 눈을 바라보며 예의 기도하는 듯한 목소리로 말을 계속했다.

"우리 인생이나 저승 세계나 매한가지로 불가해하고 무섭습니다. 유령을 두려워하는 자라면 나도, 저 불빛들도, 그리고 저 하늘도 두려워해야 마땅하지. 왜냐하면 이 모두가 잘 생각해 보면 저승의 망령들만큼이나 불가해하고 환상적이니까. 햄릿 왕자가 자살을 하지 않았던 이유는 혹시라도 죽음 뒤의 꿈속에서 망령들이 나타날까 봐 두려웠기 때문이오. 그의 유명한 독백[1]을 좋아하긴 하지만 솔직히 말해서 그것은 나를 진정으로 감동시킨 적이 없어요. 당신이 친구라서 고백하지만, 나는 이따금 괴로울 때면 나 자신이 죽는 순간을 머릿속으로 그려 보곤 합니다. 나는 공상 속에서 암울하기 그지없는 수천 개의 장면을 만들어 냈고 이것들이 나를 고통스러운 광란으로, 한마디로 말해 지옥으로 이끈 적도 있어요. 하지만 단언컨대 그것이 현실보다 더 무섭지는 않았어요. 유령이 무서운 건 사실이지만 그러나 현실도 무섭습니다. 친구, 나는 삶을 이해하지 못할 뿐 아니라 두려워해요. 어쩌면 나는 환자이거나 어딘가 잘못된 인간인지도 모르지. 정상적이고 건강한 인간은

---

1) 「햄릿」의 3막 1장에 나오는 '사느냐 죽느냐……'로 시작되는 독백.

자기가 보고 듣는 모든 것을 어느 정도 이해한다고 여길 테니까. 하지만 나는 이 '어느 정도'라는 느낌을 잃어버린 채, 하루하루 공포에 중독되고 있어요. '광장 공포'라는 병이 있지만, 나의 병은 삶에 대한 공포지요. 풀밭에 누워서, 어제 막 태어나서 아무것도 모르는 작은 딱정벌레를 한참 동안 보고 있으면 그 벌레의 삶이 끔찍한 일로 가득 찬 것 같고 그 미물에서 나 자신의 모습을 발견합니다."

"정확히 뭐가 무서운 겁니까?"

내가 물었다.

"모든 것이 무서워요. 나는 천성이 심오한 인간이 못 되는지라 저승 세계니 인류의 운명이니 하는 문제에는 별로 흥미가 없어요. 뜬구름 잡는 일에는 도무지 소질이 없다는 얘깁니다. 내가 가장 무서워하는 것은 진부함이에요. 왜냐하면 우리들 중 어느 누구도 거기에서 벗어날 수 없기 때문이지요. 내 행동들 중에서 무엇이 진실이고 무엇이 거짓인지 가려낼 능력이 없다는 사실은 나를 전율하게 만들어요. 생활 환경과 교육이 나를 견고한 거짓의 울타리 안에 가두어 놓았다는 걸 나는 압니다. 내 일생은 자신과 타인을 감쪽같이 속이기 위한 나날의 궁리 속에서 흘러갔다고 해도 과언이 아니지요. 나는 죽는 순간까지 이런 거짓에서 벗어날 수 없다는 생각 때문에 무섭습니다. 오늘 나는 무엇인가를 하지만 내일이면 벌써 내가 왜 그 일을 했는지 이해할 수 없게 돼요. 페테르부르크에서 직장 생활을 시작했다가 나는 겁을 먹고 이리로 왔지요. 그래서 농장 경영에 손을 댔지만 역시 겁이 납니다……. 내 생각에 우리는 아는 것이 거의 없어요. 그렇기 때문에 매일 실수를 저지르고 옳지 못한 짓을 하며 서로 비방하고 남의 일에 끼어드는 겁니다. 사는 데 방해만 되는 불필요하고 시시한 짓거리들에 우리는 자신의 힘을 소진합니다. 이것이 무섭습니다. 왜냐하면 이 모든 일이 무엇을 위해서, 누구를 위해서 필요한 것인지 나는 이해할 수 없으니까요. 친구, 나는 사람들을 이해하지 못할뿐더러 두렵습니다. 나는 농부들 보기가 두려워요. 무슨 대단하고 고상한 목적이 있기에 저들은 괴로워하는지, 저들은 무엇을 위해서 사는지 나는 모르겠어요. 만약에 인생의 목적이 쾌락에 있다면 저들은 불필요한 여분의 인간들입니다. 만약에 인생의 목적과 의미가 가난과 절대적인 무지 속에 있는 것이라면 이런 가혹한 심판이 누구를 위해서 필요한 일인지 모르겠어요. 나는 아무도, 아무것도 이해할 수 없어요. 저자를 한번 보세요!"

그는 '40명의 순교자'를 가리키며 말했다.

"저자를 이해하시겠습니까!"

우리 두 사람이 자신을 보고 있다는 걸 알아챈 '40명의 순교자'는 주먹에다 대고 점잖게 기침을 하고서 말했다.

"저는 항상 훌륭하신 나리들을 충실하게 섬겼습죠. 그러나 문제는 술입죠. 만약에 불쌍한 이놈을 굽어살피셔서 일자리를 주신다면 당장 신에게 맹세하겠습니다. 다시는 술을 먹지 않겠다고요!"

교회 수위가 지나가다가 의아한 표정으로 우리를 쳐다보더니 종에 달린 줄을 당기기 시작했다. 종은 저녁의 정적을 날카롭게 깨면서 느릿느릿 열 번을 울렸다.

"이런, 벌써 10시야!"

드미트리 페트로비치가 말했다.

"벌써 갈 때가 됐네요. 자, 친구."

그는 한숨을 쉬었다.

"아무것도 아닌 것처럼 보이는 평범하고 일상적인 생각들을 내가 얼마나 겁내고 있는지 당신은 모를 겁니다. 나는 생각하지 않으려고 일에 몰두합니다. 밤에 깊이 잠들기 위해서 농장 일로 자신을 혹사시키는 거죠. 애들과 아내가 다른 사람들에게는 문제 될 일이 없겠지요. 하지만 이들이 나에게는 얼마나 무거운 짐인지!"

그는 손으로 얼굴을 문지르고 헛기침을 한 번 하더니 씩 웃었다.

"살아오면서 내가 했던 바보짓들을 당신에게 얘기할 수 있다면!"

그는 말했다.

"모두가 그러더군요. '당신에게는 착한 부인과 예쁜 아이들이 있지 않습니까? 그리고 당신 자신은 훌륭한 가장이잖아요?' 사람들은 내가 무척 행복하다고 생각하고 나를 부러워합니다. 뭐, 이왕 말이 나왔으니 당신한테만 이야기하지요. 나의 행복한 가정 생활이란 사실 서글픈 오해에 불과합니다. 나는 가정이 두려워요."

그의 창백한 얼굴은 꾸며낸 미소로 일그러졌다. 그는 내 허리를 껴안고 낮은 목소리로 말을 계속했다.

"당신은 나의 진실한 친구예요. 나는 당신을 믿고 깊이 존경합니다. 하늘이 우리에게 우정을 선사한 이유는 서로 허물없이 말을 털어놓음으로써 우리를 압박하는 비밀의 고통으로부터 벗어나게 하려는 게 아닐까요. 괜찮다면, 나에 대한 당신의 호의를 믿고 모든 진실을 털어놓고 싶습니다. 당신이 보기에 그토록 행복할 것 같은 나의 가정생활이라는 게 사실은 나의 가장 큰 불행이자 공포입니다. 나의 결혼은 기묘했고 어리석었습니다. 결혼하기 전에 나는 마샤를 미칠 듯이 사랑했습니다. 이 년 동안 그녀를 쫓아다녔어요. 나는 그녀에게 다섯 번이나 청혼을 했지만 나에게 전혀 관심이 없었던 그녀는 매번 거절했습니다. 여섯 번째는 사랑에 몸이 단 나머지 그녀 앞에 무릎을 꿇고 흡사 구걸을 하듯 매달리며 청혼했고 결국 그녀는 승낙을 했습니다……. 그녀는 나에게 이렇게 말했어요. '당신을 사랑하지는 않지만 정숙한 아내가 되겠어요.'라고……. 나는 그런 조건조차도 감지덕지하며 받아들였지요. 그때는 그 말이 무슨 뜻인지 이해했어요. 하지만 지금은 귀신이 잡아가도 이해를 못 하겠습니다. '당신을 사랑하지는 않지만 정숙한 아내가 되겠어요.' 이게 무슨 뜻입니까? 안개처럼 애매모호한 얘기지……. 나는 지금도 신혼 첫날과 마찬가지로 그녀를 사랑합니다. 하지만 그녀로 말하면, 내가 보기에는 그때처럼 무관심한 데다가 내가 집을 비우면 기뻐하는 것 같습니다. 어쩌면 나는 그녀가 나를 사랑하는지 아닌지를 모를 뿐이겠죠. 네, 몰라요, 모르겠습니다. 하지만 그래도 우리는 한 지붕 아래서 서로 '여보'라고 부르며 같이 잠자고 아이를 가졌고 재산도 공동 명의로 했단 말입니다……. 이런 것들이 무엇을 뜻하는 거죠? 그래서 어쨌다는 거죠? 친구, 당신은 뭐든 좀 이해가 됩니까? 지독한 고문이야! 우리 관계에 관한 그 무엇도 내가 이해하지 못한다는 것, 바로 그 점 때문에 나는 그녀를 증오하고, 나 자신을 증오하고, 우리 둘 다를 증오합니다. 내 머릿속은 온통 뒤죽박죽이에요. 나는 이렇게 스스로를 괴롭히면서 바보가 되어 가는데, 그녀는 마치 약을 올리기라도 하듯 날이 갈수록 예뻐지고 우아해진단 말이죠……. 그녀의 머릿결은 눈부시고 그 미소로 치면 어떤 여자도 못 따라오지요. 나는 그녀를 사랑합니다. 또한 내가 절망적인 사랑을 하고 있다는 것도 압니다. 벌써 두 명의 자식을 낳아 준 여자를 절망적으로 사랑하다니! 그러니 이해가 가겠습니까? 무서운 일 아닌가요? 그래, 이것이 유령보다 덜 무서운가요?"

그는 한참을 더 이야기할 기분인 듯했지만 다행히도 그때 마부의 목소리가 들렸다. 말이 준비된 것이다. 우리가 마차에 타려 하자 '40명의 순교자'는 털모자를 벗더니, 나리들의 고귀한 몸에 손댈 기회를 진작부터 고대하고 있었다는 듯한 표정을 지으며 우리가 마차에 오르는 것을 도와주었다.

"드미트리 페트로비치, 댁에 가도록 허락해 주십쇼."

그는 머리를 삐딱하게 기울이고 심하게 눈을 깜빡이며 말했다.

"자비를 베풀어 주십쇼! 배고파 죽겠습니다!"

"좋아요."

실린이 말했다.

"와서 사흘간 지내도록 하시오. 그다음에 어떻게 되나 봅시다."

"예, 나리!"

'40명의 순교자'는 기뻐서 소리를 쳤다.

"오늘 당장 가겠습니다요."

집까지는 6베르스타[2]였다. 드미트리 페트로비치는 마침내 마음에 담은 말을 친구 앞에서 했다는 데 만족해서 길 가는 내내 나의 허리에 손을 두르고 있었다. 이미 슬픔이나 불안이 가신 즐거운 목소리로, 집안일이 순조롭게 풀리면 자기는 페테르부르크로 돌아가서 공부를 시작할 작정이라고 말했다. 또 그는 수많은 재능 있는 젊은이들을 시골로 내몰았던 한때의 풍조는 서글픈 일이었다고 말했다. 그는 이어서 러시아에 호밀이나 밀은 지천이지만 지성인은 좀처럼 드물다, 재능 있는 건전한 젊은이들은 학문과 예술과 정치에 종사해야 하며 다른 일을 한다는 것은 분별없는 짓이다 등의 의견들을 진지하게 펼치다가 문득 내일 아침에 일찍 헤어지게 되어서 섭섭하다고 말했다. 그는 목재 경매장에 가 봐야 한다는 것이었다.

나는 남을 속이는 것 같은 기분이 들어서 찜찜하고 우울했다. 그러나 한편으로는 반가운 느낌도 들었다. 나는 떠오르는 거대한 자줏빛 달을 바라보면서 키가 크고 날씬한 금발의 그녀, 파리한 얼굴에 항상 옷을 곱게 차려입고 머스크 향 같은

---

2) 과거 러시아에서 쓰던 거리를 나타내는 단위다. 1베르스타는 500사젠과 같으며 약 1킬로미터에 해당한다.

독특한 냄새를 풍기는 그녀를 떠올렸다. 그러면서 그녀가 자신의 남편을 사랑하지 않는다는 사실을 생각하니 어쩐지 들뜬 기분이 되었다.

우리는 집으로 돌아와서 저녁 식탁에 앉았다. 마리야 세르게예브나가 미소 지으며 우리가 사 온 음식들을 내오는 동안, 나는 그녀가 정말로 눈부신 머릿결과 어떤 여자와도 비할 수 없는 미소를 갖고 있다는 사실을 새삼 깨달았다. 나는 그녀를 찬찬히 보면서 그녀의 동작과 시선 속에서 그녀가 남편을 사랑하지 않는다는 사실이 드러나는지 확인하고 싶었다. 그러고 보니 정말 그런 것처럼 여겨졌다.

드미트리 페트로비치는 얼마 못 돼서 졸음과 싸움을 시작했다. 그는 식사 후에 10분 정도 우리와 함께 앉아 있다가 이렇게 말했다.

"여러분은 편한 대로 쉬세요. 나는 내일 새벽 3시에 일어나야 되기 때문에 먼저 자리를 뜨겠습니다."

그는 아내에게 부드럽게 입을 맞춘 뒤에 감사해하듯 내 손을 힘껏 쥐면서 다음 주에도 꼭 오겠다는 나의 약속을 받아냈다. 그리고 내일 늦잠을 자지 않기 위해 그는 바깥채로 잠을 자러 나갔다.

마리야 세르게예브나는 페테르부르크식으로 늦게 잠자리에 드는 버릇이 있었는데 이 사실은 왠지 나를 기쁘게 했다.

"어쩌죠?"

우리 둘만 남겨지자 나는 그렇게 말문을 열었다.

"그러면 어떤 곡이든 좀 연주해 주시겠습니까?"

음악을 듣고 싶었던 것은 아니지만 나는 어떻게 대화를 시작해야 할지 몰랐던 것이다. 그녀는 피아노 앞에 앉아서 연주를 시작했는데, 어떤 곡이었는지는 기억나지 않는다. 나는 옆에 앉아 그녀의 하얗고 통통한 손을 바라보며 그녀의 차갑고 무관심한 얼굴 속에서 무언가를 읽어 내려 애썼다. 그러나 그때 그녀가 어쩐 일인지 미소를 지으며 나를 흘깃 바라보았다.

"친구가 없어서 따분하시죠."

그녀가 말했다.

나는 웃었다.

"우정을 위해서라면 한 달에 한 번 여기에 오는 걸로 충분하겠죠. 하지만 나는 일주일이 멀다 하고 오지 않습니까?"

이 말을 하고 일어나서 나는 초조하게 방 안을 왔다 갔다 했다. 그녀 또한 일어나서 벽난로 쪽으로 갔다.

"무슨 뜻으로 하시는 말씀이죠?"

그녀는 그 커다랗고 초롱초롱한 눈을 들어 나를 보며 물었다.

나는 아무 대답도 하지 않았다.

"그건 사실이 아니에요."

잠깐 생각해 보더니 그녀는 말을 계속했다.

"당신은 오직 드미트리 페트로비치 때문에 여기 오시는 거예요. 뭐, 저도 반갑죠. 요즘 시대에 그런 친구는 보기 드무니까요."

"저런!" 나는 잠시 생각했다. 그리고 스스로 무슨 말을 하는지도 모르면서 이렇게 물었다.

"정원을 거닐지 않으시렵니까?"

"아니요."

나는 테라스로 나갔다. 머릿속에 개미들이 기어 다니는 것 같았고 흥분 때문에 몸이 오싹했다. 나는 벌써부터 우리 대화가 사소한 내용이 될 것이며 서로 아무런 특별한 말도 못 하게 되리라는 것을 확신하고 있었다. 그러나 동시에 내가 차마 꿈도 꾸지 못했던 일이 바로 오늘 밤에 일어나야만 한다는 것도 확신하고 있었다. 반드시 오늘 밤이어야 한다, 아니면 영원히 불가능할 것이다…….

"정말 좋은 날씨야!"

나는 큰 소리로 말했다.

"나에게는 전혀 상관없어요."

그녀의 대답이 들려왔다.

나는 응접실로 들어갔다. 마리야 세르게예브나는 아까처럼 벽난로 옆에 서서 뒷짐을 지고 그를 외면한 채 뭔가를 생각하고 있었다.

"어째서 전혀 상관이 없지요?"

내가 물었다.

"왜냐하면 따분하니까요. 당신은 당신 친구가 없을 때만 따분하시겠죠. 하지만 나는 언제나 따분해요. 하기야…… 당신에게는 흥미 없는 일일 테죠."

나는 피아노 앞에 앉아서 음정 몇 개를 치며 그녀의 다음 말을 기다렸다.

"제발, 그렇게 격식 차리지 마세요."

그녀는 성난 눈으로 나를 노려보았다. 화가 나서 금방 울음을 터뜨릴 기세였다.

"주무시고 싶으면 가서 주무세요. 당신이 드미트리 페트로비치의 친구이기 때문에 그 아내까지 보살펴야 할 의무는 없지요. 폐 끼치고 싶지 않아요. 제발 가세요."

물론 나는 가지 않았다. 그녀는 테라스로 나가 버렸고 나는 응접실에 홀로 남아서 5분가량 악보를 넘기고 있었다. 그러다가 나도 밖으로 나갔다. 우리는 커튼 때문에 드리워진 그늘 속에 나란히 서 있었다. 발밑의 계단에는 달빛이 뿌려져 있었고 나무들의 검은 그늘이 화단 위에 그리고 오솔길의 금빛 모래 위에 드리워져 있었다.

"저도 내일 가야겠습니다."

나는 말했다.

"물론이죠. 남편이 집에 없는데 여기 남아 계실 순 없죠."

이어서 그녀는 비웃듯이 말했다.

"저와 사랑에 빠지면 당신이 얼마나 불행해질지 상상이 가네요! 두고 봐요, 언젠가 당신 목에 매달릴 테니까……. 당신이 놀라서 도망치는 꼴을 보게 되겠지요. 재미있을 거야."

그녀의 목소리와 창백한 얼굴은 분노를 담고 있었지만 그 눈은 부드럽고 열정적인 사랑으로 가득 차 있었다. 이미 나는 이 아름다운 존재를 나의 소유물처럼 바라보고 있었다. 그리고 그때 처음으로 나는 그녀가 지금껏 본 적이 없는 찬란한 황금빛 눈썹을 가졌다는 것을 깨달았다. 지금 그녀를 품에 안고 애무하고 그 눈부신 머릿결을 쓰다듬을 수 있다고 상상하니 갑자기 너무나 꿈만 같아서 나는 미소 지으며 눈을 감았다.

"그러고 보니 너무 늦었네요……. 편히 주무세요."

그녀는 말했다.

"저는 편히 자고 싶지 않은걸요……."

그녀의 뒤따라 응접실로 들어가면서 나는 웃으며 말했다.

"만약 편히 자게 된다면 나는 오늘 밤을 저주할 겁니다."

그녀와 악수를 하고 문까지 바래다주면서 나는 그녀가 나를 이해하고 기뻐한다는 것을 그 얼굴 속에서 알았다. 나 또한 그녀를 이해하고 있었다.

나는 내 방으로 갔다. 테이블 위의 책 옆에 드미트리 페트로비치의 모자가 놓여 있었고 그것은 나에게 그의 우정을 상기시켜 주었다. 나는 단장을 들고 정원으로 나갔다. 거기에는 벌써 안개가 피어올랐다. 아까 강에서 보았던 그 키 크고 홀쭉한 망령들이 나무와 덤불 사이를 배회하며 그들을 감싸고 있었다. 이들과 이야기할 수 없다는 건 얼마나 안타까운 일인가!

평소와 다르게 투명한 공기 속에서 잎사귀 한 잎 한 잎, 이슬방울 하나하나가 뚜렷하게 구별되어 보였다. 그 모두가 몽롱한 정적 속에서 나에게 미소 짓고 있었다. 초록색 벤치를 지나가다가 나는 셰익스피어 연극의 한 구절을 떠올렸다.

달빛은 여기 벤치 위에서 저토록 달콤하게 잠들었구나!

정원에는 작은 언덕이 있었다. 나는 그리로 올라가 앉았다.

황홀한 느낌이 나를 사로잡았다. 나는 이제 내가 그녀의 풍만한 육체를 꼭 껴안고 황금빛 눈썹에 입 맞추게 되리라는 걸 알고 있었다. 그런데도 그것을 믿고 싶지 않았으며 스스로를 학대하고픈 심정이었다. 그녀가 나를 별로 애타게 만들지도 않고 그처럼 쉽게 무너진 것이 안타까웠다.

그때 뜻밖에도 무거운 발소리가 들렸다. 오솔길에 중키의 남자 모습이 보였고, 나는 곧 그가 '40명의 순교자'라는 것을 알아보았다. 그는 벤치에 앉아서 깊은 한숨을 쉬더니 성호를 세 번 긋고 거기에 누웠다. 잠시 후에 그는 일어나서 다른 쪽으로 몸을 눕혔다. 모기들과 밤의 습기가 잠을 방해한 것이다.

"아, 인생이여!"

그는 말했다.

"불행하고 고달픈 인생이여!"

그의 가늘고 굽은 몸통을 보며 그리고 거칠게 코 고는 소리를 들으며 나는 오늘 들은 또 하나의 불행하고 고달픈 인생이 생각났다. 그러자 자신의 행운이 끔찍하고 무서워졌다. 나는 언덕을 내려와서 집으로 돌아왔다.

'그는 삶이 무섭다고 말했지.'

나는 생각했다.

'그렇다면 삶에 대해 격식을 차리지 말라고. 삶이 나를 짓누르기 전에 네가 먼저 삶을 부숴 버려. 삶으로부터 취할 수 있는 모든 것을 취하란 말이야.'

테라스에는 마리야 세르게예브나가 서 있었다. 나는 말없이 그녀를 껴안고 탐욕스럽게 입을 맞추기 시작했다. 그녀의 눈썹에, 볼에, 목에…….

내 방에서 그녀는 말했다. 자신은 벌써 오래전부터, 일 년도 넘게 나를 사랑하고 있었다고. 그녀는 나에 대한 사랑을 맹세하며 울었다. 그리고 자기를 데려가 달라고 간청했다. 나는 몇 번이고 그녀를 창가로 데려가서 달빛에 그녀의 얼굴을 비추어 보았다. 그러면 그녀는 마치 아름다운 꿈처럼 보였고, 그때마다 나는 이것이 현실이라는 걸 확인하기 위해서 그녀를 다급하게 힘껏 껴안곤 했다. 벌써 오랫동안 나는 그런 황홀한 느낌을 잊고 살았던 것이다……. 그러나 한편 마음속 멀고 깊은 심연 속에서 나는 그 어떤 거북한 느낌과 함께 불안감을 느끼고 있었다. 나에 대한 그녀의 사랑 속에는 드미트리 페트로비치의 우정과 마찬가지로 거북하고 부담스러운 그 무엇이 있었던 것이다. 이것은 눈물과 맹세를 담고 있는 심각한 사랑이다. 하지만 나는 결코 심각한 것을 원하지 않았다. 눈물도, 맹세도, 미래에 대한 이야기도. 이 달빛 어린 밤이 우리의 삶 속에서 밝은 유성처럼 타올랐다가 그대로 팍 꺼져 버렸으면.

3시 정각에 그녀는 내 방을 나섰고 나는 문가에서 눈으로 그녀의 뒷모습을 좇았다. 그런데 복도 끝에서 갑자기 드미트리 페트로비치가 나타났다. 그와 마주치자 그녀는 흠칫 몸을 떨며 길을 내주었는데, 그러는 그녀의 온몸은 그에 대한 혐오감을 노골적으로 드러내고 있었다. 그는 이상한 미소를 짓더니 기침을 하고 내 방으로 들어왔다.

"어제 깜박 잊고 당신 방에 모자를 놔두고 가서……."

그는 나를 보지 않고 말했다.

그는 모자를 찾아서 두 손으로 머리에 쓴 다음, 내 당황한 얼굴과 구두를 보더니 평소의 그답지 않은 뭔가 묘하고 쉰 목소리로 이렇게 말했다.

"나는 아마 태어나면서부터 아무것도 이해하지 못할 놈이었던 모양입니다. 당신이 무언가를 이해한다면…… 그렇다면 당신에게 축하를 드리지요. 내 눈에는 사방이 컴컴해 보여요."

그는 기침을 하며 나갔다. 나는 창문을 통해 그가 마구간 옆에서 직접 말들에게 마구를 채우는 것을 보았다. 그의 손은 떨리고 있었다. 그는 서둘러 채비를 하면서 집 쪽을 몇 번 돌아보았다. 필경 그는 두려워하고 있었을 것이다. 그러고 나서 그는 가기가 무서운 듯, 이상한 표정으로 마차에 올라앉더니 말에게 채찍을 휘둘렀다.

얼마 뒤에 나도 밖으로 나갔다. 이미 해가 솟아서 어제의 안개는 덤불과 언덕을 따라 수줍은 듯 낮게 깔려 있었다. 벌써 어디선가 한잔 걸친 '40명의 순교자'가 마부석에 앉아서 주정을 하고 있었다.

"나는 자유로운 사람이야!"

그는 말들에게 소리쳤다.

"어이, 이 친구들아! 나는 번듯한 가문 출신이라고, 알기나 하나!"

내 머릿속을 떠나지 않던 드미트리 페트로비치의 공포는 나에게도 옮겨졌다. 오늘 벌어진 일을 생각했지만 아무것도 이해할 수 없었다. 나는 갈까마귀들을 바라보았다. 그러자 이들이 날아다닌다는 사실이 이상하고 두렵게 느껴졌다.

"나는 왜 그런 짓을 했을까?"

나는 자괴감을 느끼며 스스로에게 물었다.

"어째서 꼭 이런 식으로 끝나게 되었을까? 다른 방식은 없었나? 그녀는 무엇 때문에 나를 심각하게 사랑해야만 했고 그는 왜 모자를 가지러 내 방에 나타나야만 했을까? 그런데 모자가 여기서 무슨 상관이 있는가?"

그날 나는 페테르부르크로 떠났다. 그리고 그 이후로 다시는 드미트리 페트로비치와 그의 아내를 만나지 않았다. 사람들 말로는 그들이 지금도 함께 살고 있다고 한다.

(1892)

베짱이

1

올가 이바노브나의 결혼식에는 친구들과 점잖은 지인들이 모두 참석했다.

"저 사람 좀 봐. 정말 뭔가 있는 것 같지 않아?"

그녀는 자기 남편 쪽으로 고갯짓을 하며 친구들에게 말했다. 마치 왜 그처럼 단순하고 지극히 평범해서 도무지 볼 것 없는 남자에게 자신이 시집갔는지를 설명하고 싶다는 투였다.

그녀의 남편 오시프 스테파느이치 드이모프는 의사이자 9등 문관이었다. 그는 두 병원에서 근무했는데 한 곳에서는 비상근 주임 의사로, 다른 한 곳에서는 해부학 교실 주임으로 일했다. 매일 아침 9시부터 정오까지는 환자를 받거나 병동 안에 있는 자기 방에서 업무를 보았고, 오후에는 말을 타고 다른 병원으로 가서 죽은 환자를 해부했다. 개인적인 진료 수입은 보잘것없었다. 일 년에 500루블 정도가 고작이었다. 이 남자에 대해 더 이상 무슨 이야기를 할 수 있을까? 반면에 올가 이바노브나와 그 친구들, 그리고 점잖은 지인들은 그렇게 평범한 사람들이 아니었다. 그들은 모두 나름대로 재능이 있었기에 웬만큼 알려진 사람들이었고 이미 저명인사라고 할 수 있었으며, 설사 아직 유명하지는 않더라도 상당히 기대되는 인물들이었다. 오래전에 탁월한 재능을 인정받은 극장의 배우(그는 대단한 독서가로서 올가 이바노브나에게 책 읽는 법을 가르쳐 준 명석하고 내성적인 남자였다.)도 있었고 사람 좋은 뚱뚱한 오페라 가수도 있었다. 그는 올가 이바노브나가 스스로를 망치고 있다고 입버릇처럼 탄식하곤 했다. 만약 올가 이바노브나가 게으름을 피우지 않고 노력했더라면 대단한 가수가 되었으리라는 것이다. 그리고 몇몇 화가들과 이들의 우두머리 격인 랴보프스키도 있었다. 풍속화가이며 동물화가이자 풍경화가인 랴보프스키로 말하면 매우 잘생긴 금발의 청년으로, 나이는 스물다섯 정도였다. 그는 여러 전시회에서 성공을 거두었으며 최근 작품은 500루블에 팔렸다. 그는 올가 이바노브나의 습작들을 봐주면서 그녀가 어쩌면 괜찮은 화가가 될 수도 있다고 말하곤 했다. 악기를 흐느끼게 할 정도로 대단한 연주를 하는 한 첼리스트는 자기가 아는 여성들 중에서 오직 올가 이바노브나만이 제대로 반주를 할 줄 안다고 털어놓곤 했다. 그런가 하면 중편 소설과 희곡, 단편 소설 등을 써서 젊은 나이에 벌써 유명해진 작가도 있었다. 또 누가 있을까? 아, 귀족이자 지주인 바실리 바실리예비치도 있다. 그는 브일리나[1]나 서사 문학의 고풍스런 스타일에 깊은 조예를 가진 아마추어 삽화가이자 도서 장정가로서 종이든 도자기든 구운 접시든 간에 글자 그대로 기적적인 물건으로 만들어 놓곤 했다. 이 예술적이고 자유롭고 복을 타고난 동아리 속에서 드이모프라는 이름은 시도로프라든가 타라소프 따위의 이름들과 전혀 구별되지 않았다. 그들은 섬세하고 겸손하지만 병이 났을 때가 아니고는 의사의 존재에 대해 떠올려 본 적이 없는 사람들인 것이다. 이 동아리 속에서 드이모프는 껑충한 키와 넓은 어깨에도 불구하고 낯설고 쓸모없는 난쟁이처럼 보였다. 그가 입은 연미복은 마치 남의 옷 같았고 그의 구레나룻은 집사의 수염 같았다. 하기사 그가 작가나 화가였더라면 그 구레나룻 때문에 에밀 졸라를 연상시켰을지도 모를 일이다.

배우는 아마빛 머리카락에 결혼 예복을 차려입은 올가 이바노브나의 모습이 봄날 우윳빛 꽃으로 온통 뒤덮인 근사한 벚나무를 꼭 빼닮았다고 말해 주었다.

"아니에요, 내 말을 들어 봐요!"

올가 이바노브나는 그의 손을 잡으며 말했다.

"갑자기 일어난 일이라니요? 자, 자, 들어 봐요. 여러분이 먼저 알아야 할 것은 아버지가 드이모프 씨와 같은 병원에서 근무하셨다는 거예요. 아버지가 가엾게도 병이 나셨을 때, 드이모프 씨는 며칠 밤낮으로 병상을 지켜 주셨답니다. 참으로 헌신적이었어요! 들어 봐요, 랴보프스키 씨, 그리고 거기 작가

1) 고대의 영웅 서사시.

선생도 들어 보세요. 정말 재미있다고요. 이리 가까이 오세요. 얼마나 헌신적이었는지! 진심에서 우러나온 보살핌이었어요. 저 또한 밤잠을 못 이루고 아버지 곁에 앉아 있었는데, 그런데 갑자기, 맙소사, 이 사람의 착한 마음씨가 나를 정복한 거지 뭐예요. 드이모프 씨도 나에게 반해 버렸지요. 정말이지 운명은 그토록 변덕스러운가 봐요. 그래서 아버지가 돌아가신 뒤에 이사람이 가끔씩 찾아오기도 하고 거리에서 마주치기도 하다가 어느 아름다운 저녁에 갑자기, 짠! 그가 청혼을 했어요. 번갯불에 콩 구워먹듯이 남편이 된 거예요. 정말 이 남자에겐 뭔가 강렬하고 압도적인 곰 같은 구석이 있지 않아요? 지금 그의 얼굴이 사분의 삼쯤 우리에게로 향해 있네요. 조명이 약하군요. 하지만 그가 완전히 돌아서면 이마를 보게 될 거예요. 랴보프스키 씨, 저 이마에 대해서 어떻게 생각해요? 드이모프, 우린 당신 이야기를 하고 있는 중이에요!"

그녀는 남편에게 소리쳤다.

"이리로 와요. 랴보프스키 씨에게 당신의 순결한 손을 내미세요……. 자, 이렇게. 친구가 되시라고요."

드이모프는 선하고 순진한 미소를 띠며 랴보프스키에게 손을 내밀었다. 그리고 이렇게 말했다.

"반갑습니다. 제 강의를 들은 학생 중에도 랴보프스키라는 성이 있었지요. 그 친구 혹시 선생의 친척이 아닌가요?"

2

올가 이바노브나는 스물두 살, 드이모프는 서른한 살이었다. 두 사람은 결혼식을 마치고 근사하게 살림을 꾸리기 시작했다. 올가 이바노브나는 응접실의 모든 벽에다가 자신과 남들의 스케치들을 잔뜩 걸어 놓았는데, 그중에는 액자에 끼워진 것도 있었고 안 끼워진 것도 있었다. 또한 피아노와 가구들 옆에는 중국 우산, 이젤, 색동 헝겊, 단검, 반신상, 사진 같은 것들을 빽빽하고도 아름답게 채워 놓았다. 식당 벽에는 목판화를 붙여 놓고, 짚신과 작은 낫을 걸어 놓았는가 하면, 모서리에는 큰 낫과 써레를 세워 놓았으니 러시아풍으로 식당이 꾸며진 셈이다. 침실은 동굴처럼 보이게끔 천장과 벽에 어두운 색깔의 나사 천을 씌워 놓았으며 침대 위로는 베네치아식 등을 걸어 놓고 문가에는 도끼를 든 인물상을 세워 놓았다. 누구나 이 젊은 부부의 집이 참으로 아담하다고 생각했다.

올가 이바노브나는 매일 11시쯤 잠자리에서 일어나 피아노를 쳤으며, 햇볕이 날 때면 유화로 뭔가를 그리곤 했다. 12시에는 단골 재단사를 찾아갔다. 드이모프 부부에게는 여윳돈이 거의 없었기 때문에 번번이 새 옷을 입고 나타나 사람들을 놀라게 하기 위해서는 재단사와 함께 꾀를 내야만 했다. 새로 염색한 헌 옷으로부터 그리고 못 쓰게 된 망사며 레이스 조각, 빌로드며 실크 조각으로부터 그야말로 놀라운, 거의 넋을 빼 놓을 정도의 물건이 줄기차게 만들어졌다. 그것은 실로 옷이 아니라 천사의 날개였다. 의상실을 나와서 올가 이바노브나는 대체로 친분이 있는 여배우들을 방문하곤 했는데, 그것은 극장가의 뉴스를 알아보고 아울러 연극의 초연이나 시사회의 표를 얻어 내기 위해서였다. 여배우의 집을 나와서는 화가의 아틀리에를 방문하거나 전람회를 보러 가야 했다. 그러고 나서 또 누군가 유명한 사람을 찾아가서 자기 집에 초대를 하거나 문안을 드리거나 아니면 그저 수다를 떠는 것이었다. 어느 집에서든 그녀를 반갑고 유쾌하게 맞아 주었으며, 또한 그녀가 훌륭하고 매력적이며 드문 여성이라고 치켜세웠다. 그녀의 유명하고 위대한 친구들은 그녀를 같은 동아리로, 동료로 받아들였다. 그리고 이구동성으로 예언하기를, 그 재능과 기호와 머리로 그녀가 마음먹고 달려든다면 대단한 일을 해내리라는 것이었다. 그녀는 노래하고 피아노 연주를 하고 그림을 그리고 조각을 하고 연극 동호회에 참여했는데, 이 모든 일들은 단순한 심심풀이가 아니라 재능의 발현이었다. 장식용 등을 만든다든지, 옷을 차려입는다든지, 누군가의 넥타이를 매준다든지 하는 온갖 일에서 그녀의 비범하고 예술적이며 우아하고 매력적인 재능이 발휘되었다. 그러나 무엇보다도 유명한 사람들과 재빨리 사귀고 가까운 사이가 되는 일에서만큼 그녀의 재능이 돋보이는 경우는 없었다. 누구든 그녀와 처음 만나서 다만 몇 마디라도 칭찬을 해 주고 이야기를 들어 주면 그녀는 그날로 당장 그 사람과 친구가 되어 자기 집으로 초대하는 것이었다. 새로 친구가 생기는 날은 그녀에게 대단한 축일이었다. 그녀는 유명한 사람들을 숭배하고 자랑스러워했을 뿐 아니라 매일 밤 꿈속에서 이들을 볼 정도였다. 그녀는 이들을 갈구했으며 다른 무엇으로도 그 갈증은 채워질 수 없었다. 한 무리가 떠나가서 잊혀지면 그 뒤를 이어 새로운 무리가 나타났지만 그녀는 이들에게 금방 익숙해지거나 싫증을 느꼈다. 그러고는 탐욕스럽게 새로운 거물들을 찾고 또 찾는 것이었다. 무엇 때문일까?

4시에는 집에서 남편과 함께 점심을 먹었다. 남편의 단순함과 건전한 사고방식과 선량한 성품은 그녀를 감동과 환호로 이끌었다. 그녀는 쉴 새 없이 깡총거리면서 남편의 머리를 와락 껴안고는 여기저기 입을 맞추곤 했다.

"드이모프, 당신은 똑똑하고 고상한 남자예요."

그녀는 말했다.

"하지만 당신에게는 매우 심각한 결점이 하나 있어요. 예술에 전혀 관심을 두지 않는다는 거예요. 왜 음악과 미술을 거부하지요?"

"이해를 못 하니까."

그는 겸손하게 말했다.

"나는 평생을 자연 과학과 의학에 매달렸어. 그러니 예술에 관심을 둘 겨를이 있었어야지."

"그건 끔찍한 일이라고요, 드이모프!"

"어째서 그렇지? 당신 친구들은 자연 과학도 의학도 몰라. 하지만 그렇다고 해서 당신이 그들을 비난하지는 않잖아. 모두에게는 각자의 일이 있어. 나는 풍경화나 오페라를 이해하지 못하지만 이런 생각은 해. 만약 똑똑한 사람들이 그런 일에 자신의 일생을 바쳤다면 다른 똑똑한 사람들이 거기에 대해 거금을 지불하지. 왜냐하면 그런 사람들이 필요하니까. 나는 이해를 못 해. 하지만 이해를 못 한다고 해서 거부한다는 건 아니잖아."

"당신의 순결한 손과 악수하게 해 줘요!"

점심 식사 후에 올가 이바노브나는 친구 집에 갔으며, 그다음에는 극장으로 혹은 연주회로 향했다. 집에 돌아왔을 때는 한밤중이기 일쑤였다. 매일같이 그런 식이었다.

수요일이면 그녀의 집에서 작은 파티가 열렸다. 파티에서 여주인과 손님들은 카드놀이를 하지도, 춤을 추지도 않았다. 대신 다채로운 예술 행사로 시간을 보냈다. 드라마 극장의 배우는 대사를 낭독했고 가수는 노래를 불렀으며 화가들은 올가 이바노브나가 잔뜩 준비해 놓은 앨범에 그림을 그렸고 첼리스트는 연주를 했다. 한편 여주인 자신 또한 그림을 그리고 조각하고 노래하고 반주를 했다. 낭독과 연주와 노래가 이어지는 가운데 문학과 예술과 회화에 관해 토론을 벌였다. 숙녀들은 없었다. 올가 이바노브나는 여배우와 자신의 재단사를 제외한 모든 여자들이 따분한 속물들이라고 생각했기 때문이다. 그리고 파티가 열리는 날이면 반드시 볼 수 있는 진풍경이 있었다. 초인종이 울릴 때마다 몸을 떨며 승리에 찬 표정을 짓는 그녀의 모습이었다. "그 사람이야!" '그 사람'이라는 말 속에는 물론 새로 초대된 친구에 대한 암시가 담겨 있었다. 드이모프는 객실에 없었지만 아무도 그의 존재를 염두에 두지 않았다. 그러나 정확히 11시 30분에 식당으로 통하는 문이 열리면서 드이모프가 나타난다. 그리고 예의 선량하고 겸손한 미소를 띠고 손을 비비며 말하는 것이다.

"여러분, 뭘 좀 드시죠."

좌중이 식당으로 가면 식탁 위에서 매번 똑같은 광경을 보게 된다. 굴 요리, 햄이나 송아지 고기, 정어리, 치즈, 캐비어, 버섯, 그리고 보드카와 두 개의 유리 단지에 담긴 포도주.

"나의 사랑스런 집사님!"

올가 이바노브나는 기쁨에 넘쳐 손뼉을 치며 말했다.

"당신은 정말 매력적이에요! 여러분, 이 사람의 이마를 보세요! 드이모프, 옆으로 돌아서 봐요. 여러분, 보세요. 벵골 호랑이의 얼굴인데 그 표정은 마치 사슴처럼 착하고 부드럽잖아요. 오, 여보!"

손님들은 음식을 먹으면서 드이모프의 얼굴을 쳐다보며 생각했다. '정말 훌륭한 젊은이야.' 하지만 그들은 곧 드이모프에 관해서는 잊어버린 채, 연극과 음악과 회화에 대한 토론을 계속했다.

젊은 부부는 행복했고 신혼 생활은 순풍에 돛을 단 듯 흘러갔다. 다만 밀월(蜜月)의 세 번째 주는 불행하게 지나갔는데, 그때는 거의 참담한 지경이었다. 드이모프가 병원에서 단독(丹毒)[2]에 감염된 것이다. 그는 엿새 동안 내내 침대에 누워 있었으며 자신의 아름다운 검은 머리카락을 남김 없이 밀어 버려야만 했다. 올가 이바노브나는 그 옆에 앉아서 애처롭게

2) 피부의 헌데나 다친 곳으로 세균이 들어가서 열이 높아지고 얼굴이 붉어지며 붓게 되어 종창, 동통을 일으키는 전염병을 말한다.

흐느꼈지만, 남편이 좀 회복되자 그의 까까머리에 하얀 두건을 씌워 놓고는 베두인족(族)의 그림을 그리는 것이었다. 두 사람은 즐거웠다. 그러나 그가 완전히 회복되어 다시 출근하기 시작한 지 사흘 만에 또 말썽이 벌어졌다.

"여보, 난 재수가 없나 봐!" 점심 식사를 하다가 그가 말했다. "오늘 네 건의 해부가 있었는데, 도중에 손가락 두 개를 베었어. 집에 와서야 그걸 알았지 뭐야."

올가 이바노브나는 기겁했지만 그는 웃으며 '이런 정도는 아무것도 아니야, 해부 도중에 손을 베는 일은 다반사지.'라고 말했다.

"여보, 당신에게 정신이 팔려서 주의가 산만해진 모양이야."

올가 이바노브나는 시체 감염에 대해 단단히 주의를 주고 밤마다 신에게 기도했지만 별일은 없었다. 그리고 또다시 슬픔도 걱정도 없는 평화롭고 행복한 생활이 흘러갔다. 현재는 멋졌다. 그리고 진작에 1000개의 행복을 약속한 봄이 미소를 지으며 저 너머로 다가오고 있었다. 행복은 끝이 없을 터였다! 4월과 5월 그리고 6월에는 도시에서 멀찍이 떨어진 별장에서의 생활, 산책, 스케치, 낚시, 종달새, 그리고 7월부터 내리 가을까지는 화가들의 볼가강 여행. 모임의 영원한 멤버인 올가 이바노브나가 그 여행에 참석하리라는 것은 말할 나위도 없다. 그녀는 벌써부터 아마포로 두 벌의 여행복을 손수 만들었고 여행 중에 쓸 물감이며 붓이며 캔버스며 화판 따위를 사두었다. 거의 매일같이 랴보프스키가 그녀에게 찾아와서 그림 솜씨가 얼마나 진전되었는가를 봐주었다. 그녀가 화가에게 자기 그림을 보여 주면 그는 주머니에 손을 쿡 찔러 넣고 입술을 굳게 다물며, 힘찬 콧김 소리와 함께 이렇게 말하곤 했다.

"그래요…… 이 구름은 아우성을 치고 있군요. 구름이 저녁 빛을 제대로 받지 못했어요. 전경(前景)은 어쩐지 찢겨져 있는 것 같은데, 뭐랄까, 그게 좀……. 오두막집은 뭔가를 불평하듯 삐걱거리고…… 이 구석빼기는 약간 어둡게 잡아 줬으면 좋았을 텐데. 전체적으로 그렇게 나쁘진 않습니다. 괜찮은데요."

그러나 그가 종잡을 수 없는 얘기를 하면 할수록 올가 이바노브나는 알아듣기가 더 쉬웠다.

3

성령 강림제의 두 번째 날 오후, 드이모프는 찬거리와 과자를 사가지고 별장에 있는 아내에게 갔다. 객차에 앉아 있는 동안, 그리고 숲 속에 있는 자신의 별장으로 걸어가는 동안, 그는 줄곧 피로와 허기에 시달렸다. 그러면서 아내와 함께 오붓하게 저녁을 먹고 잠자리에 뻗어 버리는 장면을 꿈꾸었다. 캐비어와 치즈, 흰살 생선이 들어 있는 짐꾸러미를 바라보는 것도 즐거웠다.

그가 우여곡절 끝에 자신의 별장을 겨우 찾아냈을 때는 이미 해가 저물어 있었다. 가정부 노파는 마님이 지금 집에 안 계시지만 곧 돌아올 것이라고 말했다. 별장은 영 볼품이 없었다. 낮은 천장에는 막종이가 붙어 있었고, 바닥은 울퉁불퉁

한 데다 쩍쩍 금이 가 있었으며, 방은 겨우 세 개였다. 첫 번째 방에는 침대가 있었고, 다른 하나에는 의자와 창가에 캔버스, 붓, 기름종이 따위와 남자용 외투와 모자들이 아무렇게나 나뒹굴고 있었다. 세 번째 방에서 드이모프는 세 명의 낯선 남자들과 마주쳤다. 두 사람은 갈색 머리에 턱수염을 기르고 있었으며 말끔하게 면도를 한 뚱뚱한 남자는 아마도 배우인 것 같았다. 테이블 위에는 사모바르[3]가 끓고 있었다.

"무슨 일이죠?"

배우는 목소리를 깔고 쌀쌀맞게 드이모프를 훑어보며 물었다.

"올가 이바노브나를 찾아왔나요? 기다리세요, 곧 올 겁니다."

드이모프는 자리에 앉아 하릴없이 기다리기 시작했다. 갈색 머리 중 한 사람이 잠이 덜 깬 흐리멍텅한 눈으로 그를 바라보며 자기 잔에 차를 따랐다. 그가 물었다.

"차 드실래요?"

드이모프는 목도 마르고 배도 고팠지만 입맛을 망치지 않기 위해서 차를 사양했다. 이윽고 발소리와 낯익은 웃음소리가 들렸다. 문이 벌컥 열리더니 나비 모자를 쓰고 손에 화구 상자를 든 올가 이바노브나가 방 안으로 들어왔다. 그녀 뒤로 커다란 우산과 접의자를 든 빨간 볼의 랴보프스키가 명랑한 표정으로 따라 들어왔다.

"드이모프!"

---

3) 마실 물을 직접 끓일 수 있게 되어 있는 러시아식 온수 통을 가리킨다.

올가 이바노브나가 기쁨에 넘쳐 소리를 질렀다.

"드이모프!"

그녀는 그의 가슴에 머리와 손을 기대며 다시 한번 그의 이름을 불렀다.

"당신이군요! 왜 그렇게 오랫동안 안 왔어요? 왜? 왜?"

"내게 그럴 짬이 있나, 여보? 난 항상 바쁘잖아. 그리고 어쩌다 시간이 난다고 해도 기차 시간표가 안 맞는다든가 하는 식이지."

"당신을 보니까 얼마나 좋은지 몰라! 밤새 당신 꿈만 꿨어요. 병에 걸렸을까 봐 얼마나 걱정했는지 몰라요. 아, 당신이 얼마나 소중한 사람인지 당신은 모를 거예요. 때마침 잘 왔다고요! 당신은 나의 구원자예요. 당신만이 나를 구원할 수 있어요! 내일 여기에서 진짜 결혼식이 열려요."

그녀는 남편의 넥타이를 고쳐 매고는 웃음 지으며 말을 이었다.

"역(驛) 전신수인 어떤 젊은이가 결혼을 하거든요, 이름이 치켈제예프라던가? 잘생긴 총각인데, 멍청하지 않은 데다가 그 얼굴은, 뭐랄까 강렬하고 곰 같은 구석이 있어요……. 어쩌면 그 사람을 모델로 해서 젊은 바이킹을 그릴 수도 있을 것 같아요. 별장 사람들 모두가 그 사람 결혼식에 참석해서 축하해 주기로 했어요. 부자도 아니고 외톨이에다 수줍은 사람이라 그런 사람의 초청을 거절하면 죄가 되겠죠. 상상해 봐요. 혼인 서약을 마친 뒤에 교회에서 신부의 집까지 모두 걸어가는 거라고요……. 알아요? 숲과 새들의 노랫소리, 풀 위에 어른거리는 햇빛, 그리고 우리 모두는 초록빛 배경에 찍힌 색색의 점들이 되는 거지요. 멋있잖아, 프랑스 인상파 분위기로. 그런데 드이모프, 난 뭘 입고 교회에 가지요?"

올가 이바노브나는 울상을 지으며 말했다.

"여기엔 아무것도 없어요. 정말 아무것도! 옷이 있나, 꽃이 있나, 장갑이 있나……. 당신이 나를 구해 주어야만 해요. 당신이 여기 왔다는 건 운명이 당신에게 날 구해 주라고 명령했다는 의미예요. 여보, 이 열쇠를 갖고 집에 가서 옷장에 있는 내 장밋빛 드레스를 가져다줘요. 알지요? 첫 번째 자리에 걸려 있는 것……. 그다음에 창고에 가서 오른쪽 바닥을 보면 종이 상자 두 개가 있을 거예요. 위에 있는 것을 열어 보면 레이스랑 이런저런 천조각들이 잔뜩 들어 있고 그 밑에는 꽃이 있어요. 꽃은 조심해서 꺼내야 돼요. 두샤,[4] 꽃을 구기지 않도록 조심해요, 나중에 또 쓸 거니까……. 그리고 장갑도 사다 주세요."

"알았어."

드이모프가 말했다.

"내가 내일 가서 보내 주지."

"내일이라고요?"

올가 이바노브나는 놀란 표정으로 드이모프를 바라보며 물었다.

"내일 가서 어떻게 제 시간에 닿겠어요? 내일 첫 기차가 9시

---

4) 드이모프의 애칭.

에 출발하는데 결혼식은 11시란 말이에요. 안 돼요, 여보, 오늘 가야 돼요. 오늘이고말고! 만약 내일 당신이 직접 올 수 없다면 사람을 시키세요. 자 그럼, 어서……. 곧 기차가 올 테니까. 늦기 전에, 두샤."

"알았어."

"아, 당신을 보내게 되어 얼마나 섭섭한지!"

그렇게 말하는 올가 이바노브나의 눈에 눈물이 맺혔다.

"내 참, 뭐하러 전신수에게 그런 바보 같은 약속을 했을까?"

드이모프는 서둘러 차를 마셨다. 그러고 나서 빵 하나를 집어들고 수줍은 미소를 지으며 역으로 향했다. 캐비어와 치즈와 흰살 생선은 갈색 머리를 한 두 명과 뚱뚱한 배우가 먹어치웠다.

4

고요한 7월의 달밤, 올가 이바노브나는 강물과 아름다운 강변을 둘러보면서 볼가강 여객선의 갑판 위에 서 있었다. 랴보프스키는 물 위에 드리워진 검은 그늘이 차라리 꿈이라 말하고 있었다. 환상적으로 반짝거리는 이 마법의 강물을 보고 있노라면, 그리고 풍진 같은 인생을 꾸짖으면서 무언가 드높고 영원하고 성스러운 존재를 말하고 있는 수심에 찬 강변과 끝없는 하늘을 보고 있노라면, 죽어서 추억으로 남아도 그만, 잊혀도 그만이라고 그는 말했다. 과거는 싱겁게 흘러가 버렸고 미래는 부질없어라. 인생에 단 한 번뿐일 이 기적 같은 밤도 이슥고 끝이 나서 영원과 하나가 되리니. 무엇 때문에 사는가?

하지만 올가 이바노브나는 랴보프스키의 이야기를 들으면서, 한편으로는 밤의 정적에 귀 기울이며 자신이 불멸하리라고, 결코 죽지 않으리라고 생각했다. 여태껏 본 적이 없는 쪽빛 강물, 하늘, 강변, 검은 그늘과 함께 알 수 없는 기쁨이 그녀의 영혼을 가득 채우며 그녀가 위대한 예술가가 되리라고 말했다. 저 멀리 달빛 어린 밤하늘 너머 무한한 공간 속에서 성공과 영광과 대중의 사랑이 그녀를 기다리고 있노라고……. 그녀가 눈도 깜짝거리지 않은 채 오래도록 먼 곳을 바라보고 있는 동안, 사람들 무리와 불꽃과 축하 음악 소리와 환희의 외침이 그녀를 둘러쌌다. 하얀 드레스를 입고 있는 그녀에게로 사방에서 꽃이 뿌려지고 있었다. 그녀는 자기 옆에서 뱃전에 팔꿈치를 괴고 서 있는 사람에 대해서도 생각했다. 그는 진짜 위대한 남자이며 신의 선택을 받은 천재인 것이다. 그가 지금껏 이루어 놓은 모든 일은 멋지고 새롭고 비범했다. 또한 앞으로 그의 드문 재능이 완전히 성숙해진 뒤에 이루게 될 일은 깜짝 놀랄 만큼 고귀할 것이리라. 그건 그의 얼굴을 보면 알 수 있다. 그의 행동거지, 자연을 대하는 태도에서도 드러난다. 그늘과 저녁 색조와 달빛에 대해서 그가 하는 말은 왠지 특별하고 독창적이기 때문에 자연 위에 군림하는 그의 마력이 저절로 느껴졌다. 그는 상당한 미남인 데다가 개성이 있으며, 그의 인생은 속세의 모든 것과 동떨어져 새처럼 자유분방했다.

"공기가 선선해지네요."

올가 이바노브나는 그렇게 말하고 부르르 몸을 떨었다.

랴보프스키는 자신의 망토로 그녀를 감싸며 슬픈 목소리로 말했다.

"나는 당신의 권력 아래 있는 느낌입니다. 노예처럼. 오늘 당신은 어쩌면 그렇게 고혹적입니까?"

그는 꼼짝도 않고 줄곧 그녀를 응시했다. 그 눈길이 너무나 강렬해서 그녀는 차마 바라보기가 두려웠다.

"나는 당신을 미칠 듯이 사랑합니다……."

그는 그녀의 뺨에 입김을 불며 속삭였다.

"한마디만 해 줘요, 그러면 난 목숨도 예술도 버릴 수 있습니다."

그는 심한 흥분 때문에 말을 더듬었다.

"날 사랑한다고, 사랑한다고……."

"그렇게 말하지 말아요."

올가 이바노브나는 눈을 감으며 말했다.

"이건 지나치군요. 드이모프는 어쩌고요?"

"드이모프요? 드이모프가 어쨌는데요? 드이모프가 나하고 무슨 상관입니까? 볼가강이 있고 달이 있고 아름다움이 있고 나의 사랑, 나의 환희가 있지요. 하지만 드이모프 같은 건 없어요……. 아, 난 아무것도 모르겠습니다. 과거는 내게 소용이 없어요. 한순간만, 나에게 한순간만을 허락해 주세요."

올가 이바노브나의 심장이 두근거리기 시작했다. 그녀는 남편 생각을 하려 했지만 결혼과 함께 그리고 드이모프와 함께,

파티와 함께 지나간 모든 일들이 왜소하고 초라하고 희미한, 아무런 소용이 없는 머나먼 것처럼 여겨질 뿐이었다. 그의 말이 맞다. 드이모프? 드이모프가 어쨌는데? 드이모프가 나하고 무슨 상관이야? 그가 정말 이 자연 속에 존재하는가? 그는 어쩌면 한낱 꿈이 아닐까?

'그런 단순하고 평범한 남자에게는 지금껏 받은 행복으로도 충분해.' 그녀는 손으로 얼굴을 감싸며 생각했다.

'사람들더러 거기서 얼마든지 흉보고 난리를 치라지, 난 여기서 보란 듯이 일을 저지르고 죽어 버릴 거야, 저지르고 죽어 버리는 거야……. 인생에서는 모든 걸 겪어 봐야 해. 맙소사, 정말 대단하군, 정말 멋지잖아!'

"자! 어쩌겠어요?"

화가는 그렇게 중얼거리고 그녀를 포옹하면서 탐욕스럽게 그녀의 손에 입을 맞추었다. 그녀는 그 손으로 화가를 뿌리치려 했지만 힘이 들어가 있지는 않았다.

"날 사랑하는 거지? 그렇지? 응? 오, 멋진 밤이야! 기적 같은 밤이야!"

"정말 멋진 밤이에요!"

그녀는 눈물로 반짝이는 화가의 눈을 보며 속삭이더니, 재빨리 주위를 둘러보고는 그를 껴안고 그 입술에 깊이 입 맞추었다.

"키네슈마에게 가자!"

갑판 저편에서 누군가가 말했다.

육중한 발소리가 들렸다. 식당에서 나온 사람들이 지나가는 소리였다.

"저, 말이죠."

올가 이바노브나는 행복에 겨워 울고 웃으며 그에게 말했다.

"포도주 좀 가져오세요."

화가는 흥분으로 창백해져서 의자에 앉아 사모하는 마음과 감사하는 마음이 담긴 눈길로 그녀를 바라보았다. 그러다가 눈을 감더니 피로한 듯 미소를 지으며 말했다.

"난 지쳤어."

그리고 뱃전에 머리를 기댔다.

5

9월 2일의 날씨는 따뜻하고 고요했지만 음산했다. 이른 아침 볼가강 위로 옅은 구름이 떠다니더니 9시가 지나자 부슬비가 내리기 시작했다. 하늘이 갤 가망은 전혀 없었다. 차를 마시면서 랴보프스키는 올가 이바노브나에게 그림이야말로 가장 부질없고 따분한 예술이며 자신은 화가도 아니다, 그저 한 무리의 바보들이나 그에게 재능이 있는 줄 착각할 따름이라고 말했다. 그러다가 그는 갑자기 뜬금없이 나이프를 움켜잡더니 그것으로 자신이 가장 잘 그린 습작품을 마구 그어 버렸다. 차를 마시고 나서 그는 창가에 앉아 우울한 표정으로 볼가강을 바라보았다. 볼가강은 이미 광채를 잃어 희끄무레하고 차가워 보였다. 주변의 모든 것들이 우울하고 나른한 가을이 다가올 징조를 상기시켜 주고 있었다. 자연은 강변의 사치스런 초록빛 융단과 금강석 같은 광채와 투명한 푸른 하늘을, 그 밖의 모든 멋지고 화려한 것들을 볼가강으로부터 거두어들여 다음 봄까지 궤짝 속에 챙겨 넣은 듯했다. 까마귀들은 볼가강 주변을 날아다니며 강을 놀리는 것 같았다. "골라야![5] 골라야!" 랴보프스키는 까마귀의 울음소리를 들으며 자신은 이미 한물 갔고 재능을 잃었다고 생각했다. 이 세상의 모든 것에는 조건이 붙어 있고, 상대적이고, 어리석어. 이 여자와 관계를 맺지 말았어야 했어……. 한마디로 말해서 그는 몹시 언짢고 우울했다.

올가 이바노브나는 칸막이 너머에 있는 침대에 걸터앉아 손가락으로 자신의 아름다운 아마빛 머리카락을 만지작거리며 응접실이나 침실 또는 남편의 서재에 있는 자신을 상상했다. 공상은 그녀를 극장으로, 재단사에게로 그리고 유명한 친구들에게로 이끌었다. 그들은 지금 뭘 하고 있을까? 내 생각을 과연 할까? 계절은 이미 시작되었고 이제는 파티에 관해 생각하고 있어야 할 때였다. 그리고 드이모프는? 사랑스런 드이모프! 편지에서 빨리 집으로 오라고 어쩌면 그토록 수줍고 애타게 떼를 쓰던지! 남편은 그녀에게 매달 75루블을 꼬박꼬박 부쳐 주었으며, 그녀가 화가들에게 100루블을 빚졌다고 편지를 쓰자 그것도 부쳐 주었다. 얼마나 착하고 너그러운 남자인가! 여행은 올가 이바노브나를 지치게 했다. 그녀는 따분했

---

5) 벌거숭이라는 뜻.

으며 이 사내들과 강에서 나는 눅눅한 냄새로부터 하루빨리 벗어나고 싶었다. 이 마을 저 마을을 전전하는 동안 시골 오두막에서 지내며 느꼈던 생리적인 불쾌감을 털어 버리고 싶었다. 만약 랴보프스키가 다른 화가들에게 9월 20일까지는 여기 머무를 것이라고 약속하지만 않았더라도 오늘 당장 떠났을 것이다. 그랬다면 얼마나 좋았을까!

"맙소사!"

랴보프스키는 신음 소리를 냈다.

"도대체 해는 언제 나타나지? 해도 없는데 어떻게 맑은 날의 풍경을 계속 그리느냔 말이야!"

"하지만 당신이 구름 낀 날 스케치했던 것이 있잖아요."

올가 이바노브나는 칸막이에서 나오며 말했다.

"기억나요? 오른쪽에는 숲이 있고 왼쪽에는 젖소들과 오리떼가 있는 그림 말이에요. 그걸 지금 끝낼 수 있잖아요."

"참!"

화가는 얼굴을 찡그렸다.

"끝낸다고! 당신은 내가 스스로 뭘 해야 할지 모를 만큼 바보인 줄 아나 본데!"

"나를 대하는 게 어쩜 이렇게 달라졌죠!"

올가 이바노브나는 한숨을 내쉬었다.

"저런, 잘났군."

올가 이바노브나의 얼굴이 경련을 일으켰다. 그녀는 벽난로 쪽으로 가서 울기 시작했다.

"그래, 우는 걸론 부족하지. 그만둬요! 나야말로 울어야 될 이유가 백 가지는 있는 사람이라고. 그런데도 가만히 있지 않느냔 말이오."

"백 가지라고요?"

올가 이바노브나는 울음을 터뜨렸다.

"제일 중요한 이유는 이제 내가 짐스럽다는 거겠지요, 그래!"

그녀는 흐느끼며 말했다.

"진실을 말하면, 당신은 우리 사랑을 수치스러워하고 있어요. 당신은 다른 화가들이 눈치채지 못하게끔 갖은 노력을 다하지요. 하지만 그래 봐야 숨길 수도 없어. 벌써 오래전부터 다 아는 사실이니까."

"올가, 내가 한 가지만 부탁하겠소."

화가는 가슴에 손을 얹고 간절하게 말했다.

"한 가지만. 제발 날 괴롭히지 마시오! 그 이상 당신에게 바라는 건 없소!"

"하지만 약속해 줘요, 그래도 날 사랑한다고!"

"못 참겠어!"

화가는 씹듯이 말하면서 벌떡 일어났다.

"결국 내가 볼가강으로 뛰어들든가 아니면 미쳐 버리든가 해야 끝나겠군! 날 가만히 놔둬요!"

"그래, 죽여요, 날 죽여요!"

올가 이바노브나는 소리쳤다.

"죽이라고요!"

그녀는 또다시 흐느끼며 칸막이 뒤로 갔다. 짚으로 이은 오두막 지붕 위로 빗방울이 후드득후드득 떨어지고 있었다. 랴보프스키는 머리를 움켜쥐고 이리저리 오가다가 마치 누군가에게 뭔가를 증명해 보이겠다는 듯한 결연한 표정을 지었다. 그러더니 모자를 쓰고 어깨에 아무렇게나 총을 걸친 채 오두막을 나갔다.

그가 나가고 나서도 올가 이바노브나는 오래도록 침대에 누워 울었다. 처음에 그녀는 독약을 마시는 게 낫겠다고 생각했다. 돌아온 랴보프스키가 죽은 그녀를 발견하도록. 그러다가 그녀의 상념은 응접실과 남편의 서재로 옮아갔다. 그녀는 드이모프 옆에 가만히 앉아서 육체적으로 평안하고 청결한 생활을 만끽하고 있는 자신의 모습을 상상했다. 또한 저녁에 극장에 앉아서 마지니의 음악을 듣고 있는 모습도 상상했다. 문명과 도시의 소음과 유명한 사람들에 대한 그리움으로 그녀의 가슴은 조여드는 듯했다. 오두막 안으로 주인 여자가 들어와서 점심을 준비하기 위해 느긋하게 불을 지피기 시작했다. 타는 냄새가 나면서 연기 때문에 대기가 푸르스름해졌다. 더러운 장화를 신은 화가들이 빗물에 젖은 얼굴로 들어오더니 스케치한 것들을 뒤적이면서 볼가강 유역은 궂은 날씨에도 매혹적이라며 스스로를 위안했다. 벽에 걸린 싸구려 시계가 째깍거리고 있었다. 추위로 둔해진 파리들이 성상(聖像) 근처의 구석에 모여서 붕붕거리고 있었다. 벤치 아래 깔린 두꺼운 마분지 밑으로 붉은 바퀴벌레들이 기어 다니는 소리도 들렸다…….

랴보프스키는 해 질 녘에 집으로 돌아왔다. 그는 테이블 위에 모자를 던지더니 피로에 지친 창백한 모습으로 흙 묻은 장화를 신은 채 벤치에 늘어지게 앉아 눈을 감았다.

"지쳤어……."

그렇게 말하고 나서 그는 눈썹을 움찔거리며 눈꺼풀을 들어 올리려 애썼다.

올가 이바노브나는 그를 달래기 위해, 그리고 자신이 화나지 않았음을 보여 주기 위해 그에게로 다가가서 말없이 입을 맞추고 작은 빗으로 그의 하얀 곱슬머리를 갈랐다. 그의 머리를 빗어 주고 싶었던 것이다.

"이게 뭐야?"

그는 마치 차가운 물건이라도 닿은 것처럼 진저리를 치더니 눈을 떴다.

"무슨 일이오? 제발 날 좀 가만히 내버려 둬요."

랴보프스키는 그녀의 손을 밀치며 비켜났다. 그의 얼굴에 떠오른 감정은 혐오감과 분노 같았다. 그때 주인 여자가 양배춧국이 담긴 접시를 양손에 들고 그에게 조심스럽게 다가왔다. 올가 이바노브나는 여자의 커다란 손가락이 국 속에 담겨 있는 것을 보고 있었다. 배가 옷 밖으로 비어져 나올 듯한 지저분한 여자, 랴보프스키가 걸신들린 듯이 먹고 있는 양배춧국. 처음에는 바로 그 소박함과 예술적인 무질서 때문에 사랑했던 이 모든 생활이 지금은 그녀에게 끔찍하게 느껴졌다. 그녀는 문득 자신이 모욕당했다고 느끼며 차갑게 말했다.

"우린 당분간 헤어져야 되겠어요. 안 그러면 권태에 지쳐서 대판 싸우게 될 것 같아요. 이제 신물이 나요. 난 오늘 가겠어요."

"뭘 타고? 빗자루를 타고?"

"오늘은 목요일이니까 9시 30분에 여객선이 올 거예요."

"어? 그래요, 그래……. 뭐 어쩔 수 없지, 가시오……."

랴보프스키는 냅킨 대신 수건으로 입을 닦으며 부드럽게 말했다.

"당신에게 여긴 따분하고 할 일도 없어요. 당신을 붙잡는다면 나는 지독한 이기주의자가 되겠지. 가시오, 그리고 20일 이후에 봅시다."

올가 이바노브나는 즐거운 마음으로 짐을 쌌다. 심지어 볼까지 발그레해질 정도였다. 그러면서 스스로에게 물었다. 이제 곧 응접실에서 그림을 그리고, 침실에서 잠을 자고, 식탁보가 덮인 상에서 점심을 먹을 수 있다는 게 정말 사실일까? 마음이 가벼워진 지금, 그녀는 더 이상 화가에게 서운한 마음이 들지 않았다.

"물감과 붓은 당신에게 남겨 둘게요, 랴부샤.[6]"

그녀는 말했다.

"남으면 가져와요……. 명심하세요, 내가 없더라도 게으름 피우거나 우울해하지 말고 일해야 돼요. 우리 어린애 같은 랴부샤."

9시가 되자 랴보프스키는 그녀에게 작별의 입맞춤을 하고 나서 (배가 왔을 때 다른 화가들 앞에서 입 맞추지 않기 위해서일 것이라고 그녀는 생각했다.) 부두까지 나와 배웅을 해 주었다. 얼

6) 랴보프스키의 애칭.

마 안 있어 여객선이 도착해서 그녀를 태우고 떠났다.

그녀는 이틀하고도 반나절 뒤에 집에 도착했다. 모자와 방수 외투를 벗기가 무섭게 그녀는 흥분으로 숨을 몰아쉬며 응접실로, 거기서 또 식당으로 잽싸게 달려갔다. 드이모프는 프록코트를 벗고 조끼의 단추를 풀어헤친 차림으로 식탁에 앉아 포크로 나이프의 날을 갈고 있었다. 그 앞의 접시에는 꿩고기가 놓여 있었다. 올가 이바노브나는 집 안으로 들어오면서 남편에게 모든 일을 숨겨야만 하며 또한 자신의 수완으로 얼마든지 그렇게 할 수 있음을 확신하고 있었다. 그러나 남편의 넉넉하고 수줍고 행복한 미소와 기쁨으로 반짝이는 눈동자를 본 순간 이 사람에게 숨긴다는 건 비열하기 짝이 없는 짓일 뿐 아니라 마치 모략이나 절도나 살인처럼 그녀에게는 불가능하고 당치 않은 짓으로 여겨졌다. 한순간 그녀는 남편에게 모든 일을 말해야겠다고 결심했다. 남편의 입맞춤과 포옹을 받고 나서 그녀는 남편 앞에 무릎을 꿇고 얼굴을 가렸다.

"뭐야? 왜 그래, 여보?"

그는 부드럽게 말했다.

"보고 싶었어?"

그녀는 수치심으로 상기된 얼굴을 들어올리며 죄스럽고 미안한 눈길로 그를 바라보았다. 하지만 공포와 수치심이 그녀로 하여금 진실을 말하는 것을 방해했다.

"아무것도 아니에요……."

그녀는 말했다.

"난 너무……."

"우리 앉자."

그녀를 일으켜 식탁에 앉히면서 그는 말했다. "자……. 꿩 요리를 먹어 봐. 불쌍하기도 하지, 얼마나 배가 고팠을까."

그녀는 낮익은 공기를 한껏 들이마시며 꿩 요리를 먹었다. 그런 그녀를 남편은 감격스럽게 바라보며 행복한 미소를 지었다.

6

아마도 한겨울 무렵부터는 드이모프도 자신이 속고 있음을 눈치챈 것 같았다. 그는 마치 자기 양심이 찔리기라도 한 듯 아내를 똑바로 쳐다보지 못했으며 그녀와 마주치고도 행복한 미소를 짓지 않았다. 아내와 단둘이 남는 경우를 되도록 피하기 위해 그는 동료인 코로스텔료프를 점심 식사에 자주 데려왔다. 우글쭈글한 얼굴에 상고머리를 한 이 작은 남자는 올가 이바노브나와 이야기할 때면 어쩔 줄 몰라 저고리 단추를 모조리 풀었다가 다시 잠그는가 하면, 오른손으로는 왼쪽 콧수염을 잡아뜯는 것이었다. 점심을 들면서 두 의사는 횡격막의 위치가 높으면 부정맥(不整脈)을 초래하게 된다든가, 혹은 최근에 다양한 신경염 증상들이 부쩍 관찰된다든가, 혹은 어제저녁 드이모프가 '악성 빈혈'의 진단이 내려진 시체를 해부했더니 췌장암이 발견되었다는 등의 이야기를 했다. 두 사람이 의학에 관한 이야기를 하는 것은 오로지 올가 이바노브나로 하여금 침묵할 수 있도록, 즉 거짓말을 하지 않아도 되도록 배려하는 것처럼 보였다. 점심 식사가 끝나면 코로스텔료프는 피아노 앞에 앉았고 드이모프는 한숨을 쉬며 그에게 말했다.

"여보게! 저기, 뭔가, 뭐 좀 슬픈 걸 쳐 보게나."

코로스텔료프는 어깨를 추켜세우고 손가락을 쫙 벌려 몇 안 되는 화음을 잡으면서 「러시아 사나이의 고뇌를 덜어 줄 안식처는 어디에」라는 노래를 테너로 부르곤 했다. 그러면 드이모프는 또 한 번 한숨을 쉬고 주먹 쥔 손으로 머리를 받친 채 생각에 잠기는 것이었다.

요즘 들어 올가 이바노브나의 행동거지는 도무지 조심스럽지 못했다. 매일 아침 그녀는 매우 뒤숭숭한 기분으로 잠에서 깨어 이런 생각을 했다. 자신은 더 이상 랴보프스키를 사랑하지 않으며 다행스럽게도 모든 것은 다 끝났다고. 그러나 커피를 마시고 나면, 랴보프스키가 자기 남편을 앗아 갔으며 그래서 이제는 자신에게 남편도 랴보프스키도 안 남았다는 데 생각이 미쳤다. 그러고 나서 그녀는 랴보프스키가 뭔가 놀랄 만한 전시회를 준비하고 있더라는 친구들의 이야기를 기억해 냈다. 그것은 풍경화와 풍속화를 폴레노프풍으로 섞어 놓은 그림들인데, 그의 화실에 갔던 사람들이 대단한 감명을 받았다는 것이다. 그렇지만 올가 이바노브나의 생각에 그것은 그녀 덕분에 만들어진 일이었다. 그는 바로 그녀가 끼친 영향에 힘입어 좋은 쪽으로 변화한 것이었다. 그 영향은 너무도 유익하고 본질적이어서, 만약 그녀가 랴보프스키를 버린다면 그는 필경 몰락하고 말 터였다. 그가 마지막으로 그녀에게 왔던 날의 모습도 생각났다. 그는 점박이 무늬의 회색 양복에 새 넥타이 차림으로 찾아와서 괴로운 듯한 표정으로 물었다. "나 멋있어요?" 사실 그는 멋졌다. 기다란 곱슬머리와 푸른 눈동자의 그는 아름다웠으며 (어쩌면 그래 보였을 뿐인지도 모르지만) 그녀에게 다정했다.

많은 일들을 돌이켜 보고 이것저것 따져 본 뒤에 올가 이바노브나는 옷을 차려입고 잔뜩 들떠서 랴보프스키의 화실로 가곤 했다. 그녀는 진짜로 근사한 자신의 그림 앞에서 희색이 만면한 그를 발견한다. 그는 깡총거리고 장난을 치며 심각한 질문을 매번 농담으로 되받는다. 올가 이바노브나는 랴보프스키를 이 그림에 빼앗긴 것이 분하고 원통하지만 예의상 오 분 정도 말없이 그림 앞에 선다. 그리고 마치 성스러운 보물 앞에서 하듯 한숨을 쉬고는 조용히 말하는 것이다.

"그래요, 당신이 그린 것 중에 최고예요. 이건 정말 대단하네요."

그러고 나서 그녀는 남자에게 자기를 사랑해 달라고, 버리지 말아 달라고, 가련하고 불행한 자기를 불쌍히 여겨 달라고 애원하기 시작한다. 그녀는 눈물을 흘리며 그의 손에 입 맞추고 사랑을 맹세해 달라며 떼를 쓴다. 그리고 자신이 좋은 영향을 주지 않았더라면 그는 길을 잃고 헤매다가 몰락했을 것이라고 주장한다. 하지만 그의 좋은 기분을 망친 데다 스스로도 모멸감을 느낀 그녀는 그때마다 재단사를 찾아가거나 아는 배우에게 가서 극장 표를 부탁해야 했다.

화실에서 그를 못 보게 되는 날에는, 만약 오늘 그가 그녀에게로 오지 않으면 당장 독약을 마시겠다는 내용의 편지를 남겼다. 겁이 난 그는 결국 그녀에게로 갔으며, 남아서 식사까지 하는 것이었다. 그는 남편이 있는 것도 아랑곳하지 않고 그녀에게 불손한 말을 해 댔고 그녀 또한 똑같은 방식으로 대꾸했다. 두 사람은 무엇이 자신들을 연결시키고 있는가를 알고 있었다. 두 사람은 서로가 서로에 대한 폭군이며 원수였던 것이다. 그렇게 서로 으르렁거리는 데 정신이 팔려서 그들은 자신들이 꼴사나운 짓을 하고 있으며, 심지어 상고머리 코로스텔료프까지도 이 상황을 눈치채고 있다는 사실을 깨닫지 못했다. 점심 식사 후에 랴보프스키는 서둘러 작별 인사를 했다.

"어디로 가죠?"

올가 이바노브나는 증오가 담긴 눈으로 그를 노려보며 현관에서 묻는다.

그는 얼굴을 찌푸리고 눈을 가늘게 뜨며 서로가 알고 있는 한 여자의 이름을 아무렇게나 대는데, 그것은 그녀의 질투심을 자극하고 화나게 만들려는 의도가 분명했다. 그녀는 침실로 가서 침대에 몸을 던진다. 질투와 분노, 모멸감과 수치심 때문에 그녀는 베개를 물어뜯다가 대성통곡을 하기 시작한다. 그러면 드이모프는 코로스텔료프를 응접실에 남겨 두고 침실로 갔다. 그리고 당황해서 어쩔 줄 몰라 조그맣게 말하는 것이었다.

"그렇게 울지 마, 여보……. 왜 그래? 그냥 조용히 있어야 돼, 이 일은……. 문제를 일으킬 필요가 없어. 알잖아, 이미 지나간 일은 돌이킬 수 없어."

관자놀이가 쑤실 만큼 지독한 질투심을 주체할 수 없었던 그녀는 그래도 돌이킬 수 있는 일이라 생각하면서, 눈물로 범벅이 된 얼굴을 씻고 분을 바르고 그 여자에게 득달같이 달려갔다. 그 여자의 집에서 랴보프스키를 발견하지 못한 그녀는 또 다른 여자에게로, 그리고 또 다른 여자에게로 찾아갔다. 처음에는 그렇게 쏘다니는 것이 창피했지만 이내 길이 들어버려서 마침내 어느 날 저녁에는 아는 여자들의 집을 모조리 순례하고야 말았다. 그리하여 모두가 그녀의 방문이 랴보프스키를 찾기 위한 것임을 눈치채게 되었다.

한번은 그녀가 랴보프스키에게 자기 남편에 대해 이렇게 말한 적이 있었다.

"그 남자는 자신의 관용으로 나를 억압하고 있어!"

이 문구가 그녀의 마음에 쏙 들었다. 그래서 자신과 랴보프스키와의 로맨스를 알고 있는 화가들을 만날 때마다, 그녀는 남편 이야기를 하면서 손으로 힘찬 제스처를 지어 보이는 것이었다.

"그 남자는 자신의 관용으로 나를 억압하고 있어!"

생활의 질서는 작년과 매한가지였다. 수요일마다 작은 파티가 열렸다. 배우는 낭독을, 화가들은 그림을, 첼리스트는 연주를, 가수는 노래를 불렀으며 변함없이 11시 30분에는 식당으로 통하는 문이 열리면서 드이모프가 미소 지으며 말했다.

"자, 여러분, 뭘 좀 드시죠."

예전처럼 올가 이바노브나는 저명인사들을 찾아다녔고, 막상 발견하면 그에게 만족하지 못하고 또다시 찾으러 다녔다.

예전처럼 그녀는 매일 밤 늦게 귀가했지만, 드이모프는 작년처럼 자고 있지 않았다. 그는 서재에 앉아서 무슨 일인가를 하고 있었다. 그리고 새벽 3시경에 잠자리에 들어서는 8시에 일어났다.

어느 날 저녁 그녀가 극장에 갈 채비를 하면서 경대 앞에 앉아 있을 때, 연미복에 하얀 넥타이를 맨 드이모프가 침실로 들어왔다. 그는 항상 그렇듯이 수줍게 미소 지으며 행복한 얼굴로 아내의 눈을 똑바로 바라보았다. 그의 얼굴이 환하게 빛나고 있었다.

"내 박사 학위 논문이 통과됐어."

그렇게 말하고 그는 앉아서 무릎을 쓰다듬었다.

"통과됐어요?"

올가 이바노브나가 물었다.

"와!"

그는 짧게 웃고 거울에 비친 아내의 얼굴을 보려고 목을 길게 뺐다. 아내는 머리 모양을 만지느라 그에게서 줄곧 등을 돌린 채 서 있었기 때문이다.

"와!"

그가 다시 말했다.

"당신 알아? 아무래도 나에게 비상근이지만 일반 병리학 강의를 맡길 것 같아. 그런 냄새가 나거든."

드이모프의 행복하게 빛나는 얼굴로 보아, 만약 올가 이바노브나가 그의 기쁨을 함께 나누었더라면 그는 모든 일을 용서하고 앞으로도 영영 잊어버렸을 것이다. 그러나 그녀는 비상근 강사가 뭔지 일반 병리학이 뭔지도 몰랐다. 다만 극장에 지각하는 것이 걱정되었던 그녀는 아무 말도 하지 않았다.

그는 이 분 정도 앉아 있다가 죄지은 듯한 미소를 지으며 방을 나갔다.

7

더할 수 없이 걱정스러운 날이었다.

드이모프는 심한 두통을 앓았다. 아침에 차를 마시지 않았으며 병원에는 결근하고 내내 서재에 있는 터키식 소파 위에 누워 있었다. 올가 이바노브나는 평소와 다름없이 12시에 랴보프스키의 화실로 향했다. 자신이 그린 정물화 스케치를 보여 주고 어제 왜 집에 오지 않았는가를 물어보기 위해서였다. 실은 그녀에게 스케치는 아무런 의미도 없었다. 화가의 집을 드나들기 위해서는 최소한의 핑곗거리가 필요했기에 그린 것일 뿐이었다.

그녀는 초인종을 누르지 않고 안으로 들어갔다. 현관에서 겨울용 덧신을 벗고 있을 때 작업실 안에서 무언가 살그머니, 그러나 잽싸게 내닫는 듯한 소리가 들렸다. 여자의 옷이 사각거리는 소리 같았다. 그녀가 황급히 작업실로 달려가 보았을 때는 밤색 치마의 일부분이 살짝 보였을 뿐이었다. 그것은 한 순간 어른거리다가는 삼각대와 함께 휘장에 덮여서 옥양목 마루 위에 놓인 커다란 그림 뒤로 사라졌다. 숨은 사람은 의

심할 나위 없이 여자였다. 올가 이바노브나 자신 또한 얼마나 자주 이 그림 뒤에 숨었던가! 랴보프스키는 그녀의 출현에 매우 놀란 듯 허둥대며 두 팔을 내밀었다. 그리고 꾸며 낸 미소를 지으며 말했다.

"아아아! 어서 오세요. 좋은 소식이라도 있습니까?"

올가 이바노브나의 눈에는 눈물이 가득 찼다. 창피하고 쓰라렸다. 천만금을 준다 해도 다른 여자가 있는 데서 말을 꺼내기는 싫었다. 지금 이 교활한 맞수는 그림 뒤에 서서 고소하다는 듯 키득거리고 있을 게 분명했다.

"스케치를 가져왔어요……." 그녀는 가는 목소리로 어눌하게 말했다. 입술이 떨리고 있었다.

"나투르 모르트[7]예요."

"아아, 스케치군요?"

화가는 스케치를 손에 받아들고 그것을 살펴보면서 짐짓 자연스럽게 다른 방으로 걸어갔다.

올가 이바노브나는 얌전하게 그 뒤를 따라갔다.

"나투르 모르트……. 피에르브이 소르트.[8]"

그는 운을 맞추어 중얼거렸다.

"쿠로르트[9]…… 초르트[10]…… 포르트[11]……."

---

7) 정물화.

8) 일등품.

9) 휴양지.

10) 악마.

11) 항구.

작업실에서는 황급한 발걸음과 함께 옷이 사각거리는 소리가 들려왔다. 그 여자가 나간 것이다. 올가 이바노브나는 고함이라도 지르고 싶은 심정이었다. 뭐든 무거운 물건으로 화가의 머리통을 갈겨 준 다음에 나가 버리고 싶었지만 눈물이 앞을 가려 아무것도 보이지 않았다. 그녀는 너무나 창피한 나머지 자신이 이제는 올가 이바노브나도, 여류 화가도 아닌 그저 작은 딱정벌레처럼 느껴졌다.

"피곤하군요……."

화가는 지친 목소리로 말했다. 그러면서 마치 졸음을 쫓듯 머리를 흔들며 스케치를 들여다보았다.

"괜찮아요, 물론. 그렇지만 오늘도 스케치, 작년에도 스케치군요. 한 달 뒤에도 여전히 스케치겠지요……. 당신은 지겹지도 않습니까? 내가 당신이라면 그림을 집어치우고 음악이나 뭐 다른 일을 진지하게 생각해 볼 겁니다. 사실 당신은 화가라기보다는 음악가예요. 그건 그렇고 말이죠, 정말 피곤하네요! 차를 가져오라고 이르지요. 어때요?"

그는 방을 나갔다. 그가 하인에게 뭔가 지시하는 소리가 들렸다. 구차하게 핑계를 대고 나가지 않기 위해서, 아니 그보다는 눈물을 보이지 않기 위해서 그녀는 랴보프스키가 돌아오기 전에 서둘러 현관으로 달려가 덧신을 신고 거리로 나갔다. 그제서야 그녀는 숨을 돌렸다. 그리고 자신이 랴보프스키로부터, 그림으로부터, 또한 작업실에서 자신을 짓눌렀던 수치심으로부터 영원히 자유로워졌다고 느꼈다. 다 끝난 것이다!

그녀는 재단사에게 갔다가 바로 어제 처음 본 바르나이를 방문하고는, 거기서 다시 악보 상점으로 갔다. 그러는 동안 줄곧 랴보프스키에게 어떻게 하면 차갑고 잔인하며 자존심을 지킬 수 있는 편지를 보낼까 궁리하면서, 한편으로는 봄이나 여름에 드이모프와 함께 크림 반도에 가서 과거를 완전히 청산하고 새 삶을 시작해야겠다고 생각하고 있었다.

저녁 늦게 집에 돌아온 그녀는 외출복을 입은 그대로 응접실에 앉아서 편지를 썼다. 랴보프스키는 그녀가 화가가 아니라고 말했겠다, 이제 그에 대한 보복으로 이렇게 쓰리라. 그는 매년 똑같은 것을 그리고 있다고. 그가 매일같이 하는 말이라고는 손이 굳어서 아무것도 안 나온다는 얘기뿐이라고. 사실 이제는 더 나올 것도 없다고. 그녀는 또한 이런 말도 쓰고 싶었다. 그는 자신이 끼친 좋은 영향에 크게 빚지고 있다고. 만약에 그의 일이 잘 안 된다면 그건 오늘 그림 뒤에 숨었던 여자처럼 신분이 의심스런 인물들 때문에 자신의 영향력이 마비되었기 때문이라고.

"여보!"

드이모프가 문을 열지 않은 채 서재에서 그녀를 불렀다.

"여보!"

"왜 그래요?"

"여보, 방에 들어오지 말고 그냥 문 앞으로 와요. 그래 됐어……. 사흘 전에 병원에서 디프테리아에 감염되었는데, 지금……. 몸이 안 좋아. 빨리 사람을 보내서 코로스텔료프를 불러와."

올가 이바노브나는 남편의 이름을 부르지 않고 마치 다른 남자들을 부르듯 성으로 불렀다. 오시프라는 그의 이름이 고골의 오시프[12]를 연상시켜서 마음에 안 들었기 때문이다. 게다가 '오시프 아흐리프, 아 아르히프 아시프'[13]라는 우스갯소리도 있었다. 그녀는 소리쳤다.

"오시프, 그럴 리가 없어요!"

"어서 가! 몸이 안 좋아……."

문 뒤에서 드이모프가 말했다. 그가 소파에 가서 눕는 소리가 들렸다.

"어서!"

그의 목소리는 멀리서 울리는 듯했다.

"이게 어찌 된 일이야?"

올가 이바노브나는 공포로 몸이 오싹해지는 것을 느끼며 생각했다.

"이건 위험한 병이잖아!"

왜 그런지도 모르면서 그녀는 촛대를 들고 침실로 갔다. 그리고 거기서 무얼 해야 될지 생각하다가 무심코 거울 속의 자신을 보았다. 공포로 하얗게 질린 얼굴, 소매를 부풀리고 가슴에 노란 주름 장식을 단 반코트, 요란한 줄무늬 치마…… 그런 옷차림을 한 자신이 끔찍하고 추악해 보였다. 갑자기 가슴이 쓰라릴 정도로 드이모프가 불쌍해졌다. 자신에 대한 그의 끝없는 사랑, 그의 젊은 생명, 심지어 그가 이미 오랫동안 잠

12) 니콜라이 고골의 희극 「검찰관」에 나오는 우스꽝스러운 하인.

13) '오시프는 목이 쉬고 아르히프는 목이 잠겼다.'란 뜻이다.

을 자지 않은 이 짝 잃은 침대까지도 불쌍했다. 그리고 그의 한결같은 수줍고 얌전한 미소가 떠올랐다. 그녀는 서럽게 울면서 코로스텔료프에게 간절한 편지를 썼다. 새벽 2시였다.

8

아침 7시에 올가 이바노브나는 불면으로 머리가 찌뿌드드한 걸 느끼며 미안한 표정으로 침실을 나섰다. 머리도 빗지 않아 흉한 몰골이었다. 시커멓게 구레나룻을 기른 어떤 신사가 그녀 옆을 지나 현관으로 가고 있었는데 아마도 의사인 것 같았다. 약 냄새가 났다. 서재로 통하는 문가에는 코로스텔료프가 오른손으로 왼쪽 콧수염을 비틀며 서 있었다.

"미안하지만 들여보내 드릴 수 없군요."

그는 올가 이바노브나에게 무뚝뚝하게 말했다.

"전염될 수 있어요. 그리고 당신이 들어갈 이유도 없지요. 요는, 어차피 남편은 혼수상태니까."

"그이가 정말 디프테리아에 걸렸나요?"

올가 이바노브나가 소리 죽여 물었다.

"이렇게 무모한 인간들은 정말이지 재판을 받아야 돼."

코로스텔료프는 올가 이바노브나의 질문에 대답하지 않은 채 중얼거렸다.

"그가 어떻게 전염됐는지 아십니까? 화요일에 어떤 소년한테서 디프테리아 딱지를 유리 대롱으로 빨아들이다가 그렇게 된 거예요. 뭣 때문에 그랬을까? 바보같이……. 참, 무모하게도……."

"위험해요? 아주?"

올가 이바노브나가 물었다.

"병세가 위중하다고들 하네요. 슈레크를 부르는 게 좋겠습니다."

키가 작고 붉은 머리에 긴 코를 가진, 유태인 억양을 쓰는 사람이 다녀가더니 그 다음에 큰 키에 등이 굽고 머리가 덥수룩해서 보제(補祭)[14]를 연상시키는 사람이 왔다. 그리고 불그레한 얼굴에 안경을 쓴 매우 뚱뚱한 젊은이도 다녀갔다. 이들은 자기 동료의 병상을 지키기 위해 온 의사들이었다. 코로스텔료프는 자신의 당번이 끝난 뒤에도 집에 가지 않고 남아서 마치 그림자처럼 온 집 안을 배회했다. 가정부는 당번을 마친 의사들에게 차를 나르랴 툭하면 병원에 다녀오랴 분주했고, 따라서 집안을 치울 사람이 아무도 없었다. 고요하고 쓸쓸했다.

올가 이바노브나는 침실에 앉아서 이것은 남편을 속인 죄로 신이 자신을 벌주고 있는 것이라 생각했다. 말없는, 속삭임조차 없는, 불가해한 존재, 수줍음으로 인해 개성을 빼앗겨 이렇다 할 특징이 없는 존재, 지나친 선량함으로 가냘픈 이 존재가 저기 어딘가 자신의 소파 위에서 아무 불평도 없이 고통받고 있다. 만약 그가 헛소리로라도 불평을 한다면 당번을 서고

14) 정교회 사제의 조수로서 교회의 잡일을 맡아 하는 사람.

있는 의사는 단지 디프테리아에만 죄가 있는 게 아니었음을 알게 될 것이다. 의사들은 코로스텔료프에게 묻고 싶었다. 왜냐하면 그는 모든 것을 알고 있었으며, 그가 친구의 부인을 조소가 담긴 눈으로 바라보는 데에는 이유가 있을 터였기 때문이다. 그는 마치 그녀가 진정한 주범이며 디프테리아는 그저 그녀의 공모자라는 듯한 태도로 그녀를 보았다. 그녀에게는 이미 볼가강에서 보낸 달빛 어린 저녁도, 사랑의 고백도, 오두막에서의 시적인 생활도 기억나지 않았다. 오로지 생각나는 것은 자신의 공허한 변덕과 어리광 때문에 손발이 온통 더럽고 끈적거리는 무언가로 뒤덮였으며, 그것은 앞으로 결코 씻어 낼 수 없으리라는 것이었다…….

'아, 정말 끔찍한 거짓말을 했어!' 그녀는 랴보프스키와의 불안했던 사랑을 떠올리며 생각했다. '저주받아 마땅하지…….'

4시에 그녀는 코로스텔료프와 점심을 먹었다. 그는 아무것도 먹지 않고 단지 붉은 포도주만을 마시며 얼굴을 찌푸리고 있었다. 그녀 또한 아무것도 먹지 않았다. 그녀는 마음속으로 기도하며, 만약 드이모프가 회복된다면 다시 그를 사랑하고 충실한 아내가 될 것을 신에게 맹세했다. 그러다가 다시 주의가 흩어져 코로스텔료프를 보며 생각했다. '저렇게 단순하고 볼 것 없는 평범한 남자로 사는 게 정말 지겹지도 않을까? 게다가 얼굴은 우글쭈글하고 하는 짓도 저다지 멍청하다니.' 이런 생각도 들었다. 전염되는 게 두려워서 남편의 서재에 아직까지 한 번도 안 들어갔으니 신은 그 죄로 당장 자신을 죽일 것이다. 어찌 됐건 답답하고 우울한 느낌, 그리고 인생은 이미

망가졌으며 무엇으로도 돌이킬 수 없다는 확신이 머리를 떠나지 않았다.

식사가 끝났을 때에는 어둠이 찾아왔다. 올가 이바노브나가 응접실에 들어가보니 코로스텔료프는 금실이 수놓아진 비단 베개를 베고 잠들어 있었다. "키…… 푸아……, 키…… 푸아……." 하며 그는 코를 골았다.

당번을 서러 왔다가 가는 의사들은 이 집의 무질서에는 주의가 미치지 않았다. 낯선 남자가 응접실에서 코를 골며 자고 있는가 하면 벽에는 스케치들이 걸려 있고, 여주인은 머리를 빗지도 않은 채 아무렇게나 옷을 걸치고 있는 기묘한 상황, 그러나 이 모든 것들은 지금 아무런 흥미도 불러일으키지 않았다. 의사 중 한 사람이 생각 없이 무슨 일인가에 웃음을 터뜨렸는데 그 웃음이 어찌나 이상하고 음산하게 울려 퍼졌는지 기분이 나빠질 정도였다.

올가 이바노브나가 다시 응접실로 들어왔을 때 코로스텔료프는 이미 깨어나 앉아서 담배를 피우고 있었다.

"비강(鼻腔)이 디프테리아에 감염됐습니다."

그는 나직이 말했다.

"심장에도 벌써 웬만큼 퍼졌어요. 요는, 사정이 안 좋다는 거죠."

"그럼 슈레크를 부르세요."

올가 이바노브나가 말했다.

"벌써 왔다 갔습니다. 디프테리아균이 코로 전이됐다는 걸 그 사람이 발견했죠. 나 참, 슈레크가 다 뭡니까! 요는, 슈레크래 봐야 별수 없다는 겁니다. 그는 슈레크고, 나는 코로스텔료프요. 그 이상 아무것도 아닙니다."

시간은 지독히도 길게 늘어졌다. 올가 이바노브나는 옷을 입은 채, 아침 그대로 정리되지도 않은 침대에 누워 선잠을 잤다. 그녀는 온 집안이 바닥부터 천장까지 거대한 쇳덩어리로 가득 차 있는 것 같은 느낌이 들었다. 그 쇳덩어리만 들어내면 모두가 즐겁고 편안해질 것만 같았다. 정신이 든 그녀는 그것이 쇳덩어리가 아니라 드이모프의 병임을 깨달았다.

'나투르 모르트, 포르트…….' 그녀는 또다시 망각 속으로 잠겨 들며 생각했다. '스포르트[15]…… 쿠로르트[16]…… 슈레크는 어떻게 되지? 슈레크, 그레크,[17] 브레크…… 크레크. 그런데 내 친구들은 지금 어디에 있을까? 그들은 우리가 겪는 고통을 알고 있을까? 주여, 우리를 구하소서……. 슈레크, 그레크…….'

그리고 또다시 쇳덩어리……. 시간은 길게 늘어졌지만 아래층의 시계는 자주 종을 쳤다. 그리고 끊임없이 초인종 소리가 들렸다. 의사들이 다녀가고…… 하녀가 빈 컵이 놓인 쟁반을 들고 들어와서 물었다.

"마님, 잠자리를 봐 드릴까요?"

대답이 없자 그녀는 나갔다. 아래층에서 시계가 종을 쳤다. 볼가강의 비가 떠올랐다. 다시 누군가가 침실로 들어왔는데, 집안 사람은 아닌 것 같았다. 그녀는 소스라쳐 일어났다. 코로

---

15) 스포츠.

16) 휴양지.

17) 그리스인.

스텔료프였다.

"몇 시죠?"

그녀가 물었다.

"3시쯤."

"그런데 뭐죠?"

"뭐라니요! 끝나 간다는 얘길 하러 왔습니다……."

그는 얼굴을 붉히며 그녀와 나란히 침대에 앉아 소매로 눈물을 닦았다. 그녀는 한동안 이해하지 못하다가 갑자기 온몸이 식어 버리는 것을 느끼며 천천히 성호를 긋기 시작했다.

"끝이라고요……."

그는 가는 목소리로 되풀이해 말하더니 또 한 번 얼굴을 붉혔다.

"자신을 희생한 대가로 죽어 가고 있어요……. 학문의 별이 떨어졌어요!"

그는 고통스럽게 말했다.

"우리 모두는 그 사람과 비교도 안 돼요. 그는 위대하고 비범한 인물이었습니다! 그가 우리에게 얼마나 큰 기대를 안겨 주었는데!"

코로스텔료프는 손마디를 꺾으며 말을 계속했다.

"맙소사, 그런 대단한 학자는 이제 불을 밝히고 뒤져도 못 찾아낼 겁니다. 오시프 드이모프, 오시프, 드이모프, 당신 무슨 짓을 한 거요! 오, 오, 하나님!"

코로스텔료프는 절망스럽게 두 손으로 얼굴을 감싸며 머리를 절레절레 흔들었다.

"정신력은 또 얼마나 강했어!"

그는 갈수록 누군가를 원망하는 투로 말을 계속했다.

"선하고 순수하고 사랑을 담은 영혼이었지. 사람이 아니라 유리였어! 학문에 봉사했는데 그 학문 때문에 죽었지. 황소처럼 낮이나 밤이나 일했지만 아무도 그를 소중히 여기지 않았어. 이 젊은 학자가, 미래의 교수가, 과외 진료 일거리를 찾아다니고 밤마다 번역을 해서 돈을 댔던 것이 이 따위…… 이 따위 형편없는 넝마 조각이라니!"

코로스텔료프는 증오를 담은 눈으로 올가 이바노브나를 노려보더니 두 손으로 침대 시트를 움켜쥐고 북 찢어 버렸다. 마치 시트가 죄를 지은 것처럼.

"그는 스스로를 소중히 여기지 않았고 다른 사람도 그를 소중히 여기지 않았어. 에이, 부질없어, 요는!"

"그래, 드문 사람이야!"

누군가가 응접실에서 낮은 목소리로 말했다.

올가 이바노브나는 그와 함께했던 자신의 삶을 처음부터 끝까지 낱낱이 돌이켜 보았다. 그리고 그가 참으로 얼마나 비범하고 드문 인간인지, 자기가 알았던 다른 사람들에 비하면 그가 얼마나 위대한 인간인지를 문득 깨달았다. 또한 그녀는 돌아가신 아버지와 모든 동료 의사들이 그를 어떻게 대했는가를 상기하고 그들 모두가 그에게서 장래의 저명인사를 보았으리라는 것을 이제야 이해했다. 벽과 천장과 등잔, 그리고 바닥에 깔린 양탄자가 그녀를 조롱하듯 너울거렸다. 그것들은 마치 '기회를 놓쳤어! 기회를 놓쳤어!'라고 말하는 것 같았다.

그녀는 눈물을 흘리며 침실을 뛰쳐나와 응접실로 들어갔다. 그리고 어떤 낯선 사람 옆을 허둥지둥 지나쳐서 서재에 있는 남편에게로 달려들었다. 그는 허리까지 담요를 덮은 채 터키식 소파에 꼼짝 않고 누워 있었다. 그의 얼굴은 끔찍하게 야위었고 살아 있는 사람에게서는 결코 볼 수 없는 노란 납빛을 띠고 있었다. 다만 이마와 검은 눈썹 그리고 낯익은 미소만이 그가 드이모프임을 알게 해 주었다. 올가 이바노브나는 황급히 그의 가슴을, 이마와 손을 만져 보았다. 가슴은 아직 따뜻했지만 이마와 손은 기분 나쁠 정도로 차가웠다. 반쯤 뜬 눈은 올가 이바노브나가 아니라 담요를 바라보고 있었다.

"드이모프!"

그녀는 큰 소리로 불렀다.

"드이모프!"

그녀는 남편에게 설명하고 싶었다. 실수가 있었다고, 그러나 아직 모든 것을 잃지는 않았다고, 인생은 아직도 멋지고 행복할 수 있다고, 그는 드물고 비범하고 위대한 인물이며 자신은 일생 동안 그 앞에서 공경하고 기도하며 성스러운 경외감을 느낄 것이라고…….

"드이모프!"

남편이 이제 다시는 깨어나지 못한다는 것을 도저히 믿을 수 없는 그녀는 그의 어깨를 흔들며 이름을 불렀다.

"드이모프, 드이모프, 제발!"

응접실에서는 코로스텔료프가 하녀에게 말하고 있었다.

"여기서 물을 게 뭐 있어요? 교회 수위에게 가서 양로원 노인네들 사는 곳이 어딘지 물어보세요. 그들이 시신을 씻어서 운반할 겁니다. 필요한 건 다 해 줄 거요."

(1891)

드라마

"파벨 바실리치 씨, 저기 어떤 숙녀분이 선생님을 찾는데요."

루카가 알려 왔다.

"벌써 한 시간째 기다리고 있군요……."

파벨 바실리치는 아침 식사를 막 끝낸 참이었다. 숙녀분이라는 말을 듣자 그는 얼굴을 찡그렸다.

"내가 알 게 뭐야! 나 바쁘다고 해."

"파벨 바실리치 씨, 이분은 벌써 다섯 번이나 왔다 갔습니다. 꼭 선생님을 뵈어야겠다는데요……. 거의 울 지경입니다."

"나 참…… 좋아, 서재로 모시게."

파벨 바실리치는 느긋하게 프록코트를 걸친 다음 한 손에는 펜, 다른 한 손에는 책을 들고 매우 바쁜 듯한 표정을 지으며 서재로 들어갔다. 거기에는 벌써 손님이 그를 기다리고 있었다. 그녀는 얼굴에 불그레하게 살집이 붙은 거대하고 뚱뚱한 여자였는데, 안경을 쓰고 있는 품은 제법 점잖아 보였지만 차림새는 좀 지나치다 싶을 만큼 화려했다. (그녀는 허리에 네 겹으로 매듭이 지어진 복대를 하고 있었으며 빨간 새가 달린 높은 챙모자를 쓰고 있었다.) 집주인을 보더니 그녀는 눈이 휘둥그레지면서 기도하듯 두 손을 모았다.

"선생님은 물론 저를 기억 못 하시겠지만……."

흥분한 기색이 역력한 그녀는 높은 남성 테너의 목소리로 말을 꺼냈다.

"저는…… 저는 호루츠키 씨 댁에서 인사를 드린 적이 있어요……. 저는 무라슈키나입니다."

"아…… 아…… 아…… 음…… 앉으세요! 그래, 무슨 일이신지?"

"사실 저는…… 저는……."

그녀는 자리에 앉으면서 한층 흥분된 목소리로 말을 계속했다.

"저를 기억하지 못하실 겁니다……. 저는 무라슈키나예요……. 사실 저는 선생님의 열렬한 숭배자입니다. 항상 선생님의 글을 탐독하고 있거든요……. 제가 아부하는 거라고는 생각하지 마세요, 천만에요, 제가 해야 할 말을 할 뿐입니다……. 언제나, 언제나 선생님 글을 읽고 있어요! 어떤 면에서는 저 자신도 나름대로 문필 활동을 한다고 할 수 있지만, 물론…… 그렇다고 자신을 작가라고 부를 생각은 없습니다. 하지만…… 그래도 문학이라는 벌통 속에는 제가 짜낸 꿀 한 방

울도 들어 있지요……. 저는 세 편의 동화를 이런저런 기회에 펴냈던 적이 있어요. 선생님이야 물론 못 읽으셨겠지만…… 번역도 많이 했어요. 그리고…… 그리고 돌아가신 제 오빠가 '젤로'에서 근무하셨죠."

"그렇군요……. 에…… 에, 그런데 제가 뭘 도와 드릴까요?"

"사실은…… (무라슈키나는 눈을 내리깔며 얼굴을 붉혔다.) 저는 선생님의 재능을 압니다…… 선생님의 관점도요, 파벨 바실리치 씨. 그래서 선생님의 의견을 듣고 싶은 거죠. 다시 말해서…… 조언을 구하고 싶습니다. 이렇게 말하면 어떨지 모르겠지만, 파르동 푸르 렉스프레시옹,[1] 희곡을 한 편 분만했습니다. 그래서 검열관에게 보내기 전에 선생님의 의견을 듣고 싶어요."

무라슈키나는 그물에 사로잡힌 새처럼 불안한 표정을 지으며 치마를 뒤지더니 크고 두툼한 공책을 꺼냈다.

파벨 바실리치는 오로지 자신의 글만을 사랑했다. 남의 글을 읽거나 듣게 될 때는 항상 대포 구멍이 자신의 면상을 직통으로 겨누고 있는 듯한 느낌이 들었다. 공책을 본 그는 질겁하며 서둘러 말했다.

"좋습니다. 놔두세요……. 읽어 보겠습니다."

"파벨 바실리치 씨!"

무라슈키나는 일어서더니 기도하듯 손을 모으며 애절하게 말했다.

---

1) 프랑스어로 '제 표현을 용서하세요.(pardon pour l'expression.)'란 뜻이다.

"선생님이 바쁘시다는 것은 압니다……. 선생님께 일분일초가 소중하다는 것을 저도 압니다. 마음속으로는 제가 당장 사라져 버렸으면 하시겠지요. 하지만…… 제발, 저의 희곡을 선생님께 읽어 드리도록 해 주세요……. 제발!"

"기꺼이 그러고 싶지만……."

파벨 바실리치는 어쩔 줄을 모르며 우물거렸다.

"그러나 부인, 저는…… 저는 바빠서…… 저는…… 저는 지금 나가야 합니다."

"파벨 바실리치 씨!"

그녀는 신음을 토했다. 그녀의 눈에 눈물이 가득했다.

"제발 적선한다 생각하시고 한 번만요! 제가 뻔뻔스럽고 집요한 여자라는 것은 압니다만 그래도 넓은 아량을 베풀어 주세요! 내일 저는 카잔으로 갑니다. 그래서 오늘 선생님의 견해를 듣고 싶은 거예요. 저에게 선생님의 시간을 삼십 분만 할애해 주세요……. 딱 삼십 분만! 이렇게 빌겠어요!"

파벨 바실리치는 천성이 굼뜬 인간인지라 거절할 줄 몰랐다. 숙녀가 흐느끼며 무릎을 꿇을 기세인 것을 보자 그는 당황하여 넋 나간 소리로 중얼거렸다.

"좋습니다. 정 그러시다면…… 들어 보겠습니다……. 삼십 분 드리겠습니다."

무라슈키나는 환성을 지르더니 모자를 벗고 자리에 앉아 원고를 읽기 시작했다. 먼저 그녀는 하인과 하녀가 화려한 응접실을 청소하면서 안나 세르게예브나 아씨가 마을에 학교와 병원을 지은 것에 대해 장황하게 이야기하는 장면을 읽었다.

하인이 방을 나가자 하녀는 '교육은 광명이며 무지는 암흑'이라는 내용의 독백을 읊는다. 그다음에 무라슈키나는 다시 하인을 응접실로 들여보내서 그로 하여금 장군 나리에 대한 긴 독백을 말하게 했다. 장군은 딸의 주장을 못마땅히 여기고 그녀를 부유한 상인에게 시집보내려 한다, 또한 그는 완전한 무지 속에 백성의 구원이 있다고 생각한다 등등. 그러고 나서 하인이 나가자 아씨 본인이 들어오더니, 밤새 한잠도 못 자고 발렌틴 이바노비치 생각을 했노라고 관객들에게 털어놓는다. 발렌틴 이바노비치로 말하면 가난한 교사의 아들로서 병든 아버지를 헌신적으로 보살피고 있다는 얘기. 발렌틴은 모든 학문을 섭렵했지만 우정도 사랑도 믿지 않으며 인생의 목적을 상실하고 죽음을 갈구한다, 그래서 아씨는 그를 구원해야 한다 등등.

파벨 바실리치는 이 이야기를 들으면서 자신의 소파가 애타게 그리워졌다. 그는 무라슈키나를 흘겨보았다. 그녀의 남성 테너 같은 목소리가 그의 고막을 쾅쾅 두드릴 뿐, 아무것도 이해할 수 없었다. 그는 생각했다.

'너 같은 건 귀신이 잡아갔으면 좋겠다……. 왜 내가 이런 허섭스레기를 들어야 하니! 네가 희곡을 쓴 게 내 죄냐? 맙소사, 공책은 두껍기도 하구나! 제기랄!'

파벨 바실리치는 아내의 초상화가 걸려 있는 벽을 보다가 문득 아내가 노끈 5아르신[2]과 치즈 한 푼트와 치약을 사서

2) 러시아의 전통 길이 단위. 1아르신은 약 71센티미터다.

별장으로 가져오라고 분부했던 것이 생각났다.

'노끈 견본을 잊지 말아야 할 텐데.'

그는 생각했다.

'어디다 넣었더라? 파란 양복이었던가……. 그런데 저 망할 놈의 파리들이 마누라 초상화에 똥을 갈겨 놨잖아. 올가한테 유리를 닦으라고 해야겠어……. 지금 12장을 읽고 있으니까 곧 1막이 끝나겠군. 이 더운 날씨에 저런 돼지 같은 몸집에서 무슨 영감이 나온단 말인가? 희곡을 쓰느니 차라리 시원한 냉국을 들이켜고 지하실에서 잠이나 잘 것이지…….'

"이 독백이 좀 길다고 생각하지 않으세요?"

갑자기 무라슈키나가 고개를 들며 말했다.

파벨 바실리치는 그 독백을 듣고 있지 않았다. 당황한 그는 마치 숙녀가 아니라 자신이 그 독백을 쓰기라도 한 듯 변명하는 투로 말했다.

"아닙니다, 아니에요, 뭐랄까, 아주 좋은데요……."

무라슈키나는 반색을 하며 낭독을 계속했다.

"안나: 그대는 지나치게 분석에만 열중하는군요. 그대는 너무 일찍 심장으로 사는 걸 그만두고 머리에 의지하시는 것은 아닐까요? 발렌틴: 심장이란 무엇입니까? 그것은 해부학 쪽 용어지요. 심장이 만약 감정이라고 불리는 그런 개념을 뜻하는 용어라면, 나는 그것을 인정할 수 없습니다. 안나: (동요하며) 그렇다면 사랑은요? 설마 그것도 조합된 관념들의 산물이라는 건 아니겠지요? 발렌틴: (괴롭게) 아직 아물지 않은 옛 상처를 건드리지는 맙시다. (사이) 무슨 생각을 그리 골똘하게 하시는가요? 안나: 그대가 불행하신 것 같아서요."

16장이 낭독되는 도중, 파벨 바실리치는 하품을 하다가 자기도 모르게 이빨을 딱 하고 부딪쳤는데 그것은 개가 파리를 잡을 때나 냈음직한 커다란 소리였다. 깜짝 놀란 그는 그 괴상한 소리를 감출 요량으로 세심한 관심을 보이는 듯한 표정을 지었다.

'17장이라…… 도대체 언제 끝나는 거야?'

그는 생각했다.

'오, 맙소사! 십 분만 더 이 고통이 계속된다면 비명을 지르게 될 거야……. 참을 수 없구나!'

그러나 읽는 속도가 빨라지고 목소리가 높아지더니 마침내 숙녀는 '막이 내린다.'라고 힘차게 외쳤다.

파벨 바실리치는 가볍게 한숨을 쉬고 일어날 채비를 했다. 그러나 바로 그때 무라슈키나가 책장을 넘기며 낭독을 계속하기 시작했다.

"2막. 무대는 시골 거리를 보여 준다. 오른쪽에는 학교, 왼쪽에는 병원. 층계 위에 주민들이 앉아 있다."

"실례합니다만……."

파벨 바실리치가 말을 막았다.

"모두 몇 막이죠?"

"5막이에요."

무라슈키나는 그렇게 대답하더니 자신의 관객이 나가 버릴까 봐 두려운 듯 당장 속도를 높이기 시작했다.

"학교 창문으로 발렌틴의 모습이 보인다. 무대 안쪽에서 주민들이 가재도구를 들고 선술집으로 들어가는 것이 보인다."

파벨 바실리치는 사면받을 수 없다는 사실을 확신한 무기수처럼 이제 더 이상 끝을 기다리고 있지 않았다. 그는 아무것도 기대하지 않고 다만 눈이 감기지 않도록 그리고 주목하는 표정이 얼굴에서 떠나가지 않도록 애쓸 뿐이었다. 그녀가 낭독을 끝내고 나가는 것은 그에게 너무도 먼 미래처럼 여겨졌으므로 거기에 대해서는 아예 생각도 하지 않았다.

"뜨루…… 뚜…… 뚜…… 뚜……."

그의 귀에서 무라슈키나의 목소리가 울리고 있었다.

"뜨루…… 뚜…… 뚜…… 주주주주……."

'소다를 복용하는 걸 잊었군.'

그는 생각했다.

'내가 무슨 생각을 하고 있었지? 그래, 소다였지……. 암만해도 나는 위염에 걸렸어……. 이상하지. 스미르노프스키는 하루 종일 보드카를 퍼마시는데도 이날 이때까지 위염에 걸리지 않았는데……. 창가에 새가 앉았구나……. 참새네…….'

파벨 바실리치는 축축 늘어져 감기는 눈꺼풀을 뜨기 위해 안간힘을 쓰는가 하면 입을 열지 않고 연신 하품을 하면서 무라슈키나를 바라보았다. 그의 눈 속에서 그녀는 뿌옇게 어른거리며 머리가 세 개가 되기도 하고 천장에 달라붙기도 했다.

"발렌틴: 아닙니다. 가 봐야겠습니다…… 안나: (놀라서) 왜요? 발렌틴:(방백)그녀의 얼굴이 창백해졌구나! (그녀에게) 저에게 해명을 강요하지 마십시오. 저는 곧 죽을 겁니다. 그렇지만 당신은 그 이유를 알지 못할 겁니다. 안나: (잠시 침묵하다

가) 당신은 가실 수 없어요…….”

무라슈키나는 점점 커다랗게 부풀어 오르기 시작하더니 서재의 잿빛 공기와 섞여 버렸다. 보이는 것은 오직 그녀의 움찔거리는 입뿐이었다. 그러다 갑자기 그녀가 술병만 한 크기로 작아져서 흔들거리더니 책상과 함께 방 저쪽으로 사라져 버렸다.

“발렌틴: (안나를 품에 안으며) 그대는 나에게 새 생명을 주고 인생의 목적을 알려 주었소! 그대는 봄비가 대지를 깨우고 새롭게 하듯이 나를 거듭나게 해 주었소! 그러나…… 늦었어요, 늦었다오! 불치의 병이 내 가슴을 갉아먹고 있으니…….”

파벨 바실리치는 진저리를 치며 흐리멍텅한 눈으로 무라슈키나에게 시선을 고정시키고 있었다. 그는 꼼짝 않고 일 분가량 멍하게 그녀를 바라보았다.

“11장. 앞 장에 나온 인물들, 남작, 경찰 서장. 발렌틴: 날 잡아가시오! 안나: 이분은 안 돼요. 날 잡아가세요! 그래요, 나를! 나는 이분을 사랑해요. 내 생명보다 더! 남작: 당신의 이런 행동이 아버님을 파멸시킬 수도 있다는 걸 명심하십시오…….”

무라슈키나는 또다시 부풀어 오르기 시작했다. 파벨 바실리치는 난폭하게 눈을 희번덕거리며 몸을 일으켰다. 그는 가슴속으로부터 치솟아 나오는 듯한 괴기스런 비명을 지르더니 묵직한 문진을 집어들고 그것으로 무라슈키나의 머리통을 힘껏 내리쳤다.

“날 잡아가라. 내가 그녀를 죽였다!”

잠시 후 뛰어 들어온 하인에게 그가 말했다.

배심원들은 그에게 무죄를 선고했다.

(1887)

베로치카

이반 알렉세예비치 아그뇨프는 8월의 그날 저녁, 유리문을 열고 테라스로 나갈 때 울리던 방울 소리를 기억한다. 그때 그는 가벼운 망토를 걸치고 있었고, 지금은 승마용 장화와 함께 침대 밑에서 먼지를 벗 삼고 있는 차양 넓은 밀짚모자를 썼으며 한 손에는 책과 공책을 잔뜩 묶은 꾸러미를, 다른 한 손에는 옹이투성이의 지팡이를 들고 있었다.

집주인 쿠즈네초프가 문 뒤에 서서 등잔으로 그에게 길을 밝혀 주고 있었다. 주인은 길고 허연 턱수염에 머리가 벗겨진 노인이었는데, 그날은 눈처럼 흰 무명 저고리를 입고 있었다. 노인은 온화하게 미소 지으며 머리를 끄덕였다.

"안녕히 계세요, 영감님!" 아그뇨프가 그에게 소리쳤다.

쿠즈네초프는 탁자에 등잔을 세워 놓고 테라스로 나왔다.

두 개의 길고 좁은 그림자가 계단을 지나 화단으로 건들건들 걸어가더니 보리수에 머리를 기댔다.

"안녕히 계세요, 다시 한번 감사드려요, 친구!" 이반 알렉세예비치는 말했다. "당신의 호의와 친절과 사랑에 감사드립니다. 당신께서 베푼 친절을 영원히 잊지 못할 겁니다. 당신도, 당신 따님도 좋은 사람들이에요. 여러분들 모두가 선량하고 쾌활하고 친절한 사람들이에요……. 너무 훌륭한 분들이라 뭐라고 표현해야 될지 모를 정도입니다!"

넘치는 감정과 방금 마신 과실주의 영향 때문에 아그뇨프는 신학생이 말하는 투로 가락을 실어 말하고 있었다. 감동에 복받친 그는 자신의 감정을 말로 표현하는 것도 모자라서 눈을 찡긋거리며 어깨마저 움찔거렸다. 쿠즈네초프 역시 술기운에 감정이 넘쳐서 젊은이에게 몸을 기울이고 입을 맞추었다.

"나는 마치 사냥개처럼 당신에게 길들어 버렸어요!"

아그뇨프는 말을 이었다.

"거의 매일처럼 당신께 찾아왔고 이 집에서 잠을 잔 날도 열 번은 될 겁니다. 과실주를 얼마나 마셨는지 이제 기억하기도 끔찍해요. 무엇보다도 고마운 것은 당신의 협조와 도움입니다. 당신이 없었더라면 10월까지 통계 작업에 매달려야 했을 거예요. 그래서 나는 서문에다가 이렇게 쓸 작정입니다. 'N군(郡) 자치회 의장 쿠즈네초프 님의 친절한 협조에 깊은 감사를 표하는 바입니다.'라고. 이 통계 작업은 빛나는 가치를 지니게 될 겁니다! 베라 가브릴로브나와 의사 선생님들 그리고 두 예심 판사님과 자치회 서기장님께도 고개 숙여 감사드럽니다. 이분들의 도움을 결코 잊지 못할 겁니다! 자, 영감님, 우리 포옹하고 마지막 입맞춤을 나눕시다."

나른해진 아그냐프는 다시 한번 노인에게 입을 맞추고 밑으로 내려가기 시작했다. 마지막 층계 위에서 그는 뒤를 돌아보며 물었다.

"언젠가 다시 만날 수 있을까요?"

"하나님께서 아시겠지!" 노인이 대답했다. "아마 다시는 못 볼 게야!"

"그래 맞아요! 당신을 페테르부르크로 불러올 방법은 없고, 내가 언젠가 다시 이 고장에 올 가능성도 거의 없겠지요. 자, 그럼 안녕히!"

"책은 놔두고 가지 그러시오!" 아그냐프의 뒤에서 노인이 외쳤다. "뭐하러 그런 무거운 짐을 들고 가는 거요? 내일 내가 사람을 시켜서 보내주면 될 텐데."

그러나 아그냐프는 그 소리를 듣지 못한 채 집으로부터 이내 멀어져갔다. 술로 데워진 그의 마음은 유쾌했고, 따뜻했으며, 또한 슬프기도 했다……. 걸어가면서 그는 살아오는 동안 얼마나 자주 좋은 사람들을 만났던가를 떠올리고 이런 만남 뒤에는 추억만이 남겨질 뿐임을 안타까워했다. 지평선 위에 두루미들이 가물거리고, 산들바람이 이들의 애원하는 듯한 혹은 기뻐하는 듯한 울음을 실어 오기도 했지만 몇 분 뒤에는 아무리 애써 푸른 저편을 응시해도 점 하나 보이지 않고, 소리 하나 들리지 않는다. 바로 이처럼 사람들의 얼굴이나 말도 삶 속에서 명멸하다가는 과거 속으로 가라앉아 버리는 것이다. 보잘것없는 기억의 자취만 빼고는 아무것도 남기지 않은 채로. 봄 내내 N군에서 지내면서 거의 매일처럼 친절한 쿠즈네초프 댁에 드나드는 동안 이반 알렉세이치는 마치 식구처럼 노인과 그의 딸과 하인들에게 정이 들었다. 쾌적한 테라스와 오솔길의 구비구비, 부엌과 목욕탕 위로 드리워진 나무들의 실루엣 등, 그는 온 집안 구석구석을 꿰고 있었다. 그러나 지금 쪽문을 나서는 순간 이 모든 것들은 그에게 추억으로 변하면서 현실적인 의미를 영원히 잃게 될 것이다. 그리하여 한두 해가 지나면 이 모든 다정한 모습들은 마치 환상의 산물이기나 했다는 듯이 그의 의식 속에서 사라져 갈 것이다.

'인생에서 사람보다 더 소중한 건 없어!'

감동을 받은 아그뇨프는 오솔길을 지나 쪽문으로 가면서 생각했다.

'아무렴!'

정원은 조용하고 따스했다. 화단에서는 꽃이 채 지지 않은 목서초(木犀草), 담배, 헬리오트로프 꽃 향기가 실려 왔다. 풀덤불과 나무들 사이로 달빛을 머금은 부드럽고 엷은 안개가 깔려 있는 광경은 훗날까지 아그뇨프의 기억 속에 깊이 새겨졌다. 갈래갈래 흩어져 유령처럼 보이는 안개는 겨우 눈에 띌 정도로 살그머니 오솔길을 가로지르고 있었다. 정원 위로 달이 높이 솟아 있었고 그 밑으로는 투명한 안개 자락이 동쪽 어딘가를 향해 흘러가고 있었다. 온 세상이 마치 검은 실루엣과 너울거리는 하얀 그늘로 이루어진 것 같았다. 8월의 달밤에 깔린 안개를 바라보면서 아그뇨프는 자연 그대로가 아닌 꾸며진 무대를 보고 있다는 생각이 들었는데, 이런 느낌은 아마도 생전 처음인 듯했다. 서투른 불꽃놀이 기술자들이 풀덤불 위에 앉아서 백색 축포로 정원을 비추고 싶었지만 축포와 함께 하얀 연기를 공중으로 흘려 보낸 것이리라.

아그뇨프가 정원 쪽문으로 다가갔을 때 나지막한 울타리 쪽으로부터 어두운 그림자 하나가 떨어져 나오더니 그가 있는 쪽으로 다가왔다.

"베라 가브릴로브나!" 그는 반색을 했다.

"여기 있었군요? 작별 인사를 하려고 그렇게나 찾아다녔는데…… 안녕히 계세요, 저는 떠납니다!"

"이렇게 일찍이오? 아직 11시밖에 안 됐는데."

"아니에요. 가야지요! 5베르스타를 걸어가야 하는 데다가, 가서 짐도 꾸려야 되거든요. 내일은 일찍 일어나야……."

아그뇨프 앞에 서 있는 사람은 쿠즈네초프의 딸인 베라였다. 이 스물한 살 난 처녀는 늘 수심에 잠겨 있었으며 옷을 아무렇게나 입고 다녔지만 재치 있는 여성이었다. 공상을 즐기고 하루 종일 누워서 손에 잡히는 책은 무엇이든 느긋하게 읽으며 따분해하고 우울해하는 아가씨, 이런 아가씨들은 대체로 아무렇게나 차려입는 법이다. 자연으로부터 미적인 취미와 본능을 부여받은 이 아가씨들에게 부주의한 옷차림은 오히려 특별한 매력을 가져다준다. 어찌 됐건 아그뇨프가 나중에 귀여운 베라를 추억할 때면, 허리께가 심하게 구겨져 있는 헐렁한 블라우스와 높이 빗어 올린 머리에서 이마로 드리워진 곱슬머리 그리고 가장자리에 보풀거리는 방울이 달린 숄이 꼭 생각났다. 털실로 짠 그녀의 숄은 저녁 때면 마치 바람 없는 날의 깃발처럼 베로치카의 어깨에 시무룩하게 걸쳐져 있었으며, 낮에는 현관의 남자용 장화 옆이나, 늙은 고양이가 내키는 대로 퍼져 자는 식당의 궤짝 위에 구겨진 채로 놓여 있었다. 이 치마의 주름과 숄에서는 한없는 느긋함과 가정의 평화, 그리고 안온함이 배어 나왔다. 아그뇨프가 베라의 단추 하나하나, 주름 하나하나에서 따뜻하고 편안하고 단순한 무언가를 읽을 수 있었던 까닭은 아마도 그녀가 마음에 들어서였을 것이다. 그것은 진실되지 않거나 아름다움에 둔감한 차가운 여자들에게서는 찾아볼 수 없는, 선량하고 시적인 그 무엇이었다.

베라는 훌륭한 몸매와 단정한 윤곽과 아름다운 곱슬머리를 갖고 있었다. 살아오는 동안 많은 여자를 보지 못한 아그뇨프에게 그녀는 미인으로 보였다.

"저는 갑니다!"

그는 쪽문 옆에서 작별 인사를 하며 말했다.

"좋은 일만 기억해 주세요! 모든 것에 대해 감사드립니다!"

그는 노인과 이야기할 때의 그 노래하는 신학생 어투로 아까처럼 눈을 찡긋거리고 어깨를 움찔거리며 베라의 호의와 친절에 고마움을 표시했다.

"어머니에게 편지를 보낼 때마다 당신에 관해서 썼습니다."

그는 말했다.

"사람들이 당신이나 당신 아버님 같기만 하다면 세상살이가 항상 명절날 같을 겁니다. 이곳 사람들 모두가 대단해요!

참으로 소박하고 정이 많고 꾸밈없는 분들입니다."

"이제 어디로 가세요?"

베라가 물었다.

"아률에 계시는 어머니께 갈 겁니다. 거기서 한두 주일 머무르다가 페테르부르크로 가서 일을 해야죠."

"그다음에는요?"

"그다음이오? 겨울 동안 일을 하고 봄이 되면 또 다른 지방으로 자료를 모으러 가는 거죠. 자, 그럼 행복하게 백 년 세월 누리세요……. 저에 대해 좋은 기억 가지시고. 앞으로는 못 만나겠지요."

아그뇨프는 몸을 굽혀 베로치카의 손에 입을 맞추었다. 그러고 나서 고요한 긴장을 느끼며 외투를 고쳐 입고 책 꾸러미를 좀더 편하게 바꿔 들었다. 그리고 잠시 침묵하다가 말했다.

"안개가 정말 자욱하군요!"

"네. 저희 집에 뭐 잊고 가시는 물건은 없어요?"

"네? 아마 없을 겁니다……."

몇 초 정도 아그뇨프는 말없이 서 있었다. 그리고 쪽문 쪽으로 미적미적 몸을 돌려 정원을 나섰다.

"잠깐만요, 제가 숲이 나올 때까지 바래다 드리겠어요."

베라가 뒤따라나오며 말했다.

두 사람은 길을 따라 걸어갔다. 나무들도 지금은 더 이상 앞을 막고 있지 않았으므로 하늘이며 먼 풍경이 보였다. 모든 광경은 마치 베일에 덮인 듯 뿌연 연기 너머로 비쳐 보였고, 자연의 아름다움이 그 베일을 사이에 두고 즐겁게 세상을 내려다보고 있었다. 더욱 희고 짙어진 안개는 낟가리들과 덤불 위로 여기저기 덮이거나 혹은 실타래처럼 길 위를 배회하면서 경치를 방해하지 않으려는 듯 땅바닥에 바짝 달라붙기도 했다. 연기 너머로 숲에 이르는 길과 그 양옆으로 파인 검은 도랑이 보였고 거기서 자라는 낮은 관목들은 안개 기둥의 방랑을 방해하고 있었다. 쪽문으로부터 반 베르스타쯤 떨어져 있는 쿠즈네초프네 숲이 검은빛을 띠어가고 있었다.

'왜 그녀가 나와 함께 가는 걸까? 이렇게 되면 다시 그녀를 바래다줘야 하잖아!'

아그뇨프는 그런 생각을 했지만 베라의 옆모습을 힐끗 바라보고는 부드럽게 미소 지으며 말했다.

"이런 멋진 날씨에 떠나고 싶지 않군요! 낭만적인 달과 고요함, 모든 것이 갖추어진 훌륭한 저녁입니다. 아세요, 베라 가브릴로브나? 저는 이 세상에서 이십구 년을 살아왔지만 로맨스 한 번 없었답니다. 평생 낭만적인 사건 한 번 겪지 못해서 은밀한 만남이나 오솔길에서의 한숨이니 입맞춤이니 하는 건 귀동냥으로나 알 뿐이에요. 한심하지요! 도시에서 자기 방에 앉아 있을 때는 그런 결함을 깨닫지 못하지만 이런 신선한 공기 속에서는 절실하게 느껴지는군요……. 정말 부끄러운 일입니다."

"왜 그렇게 사세요?"

"나도 모르겠습니다. 어쩌면 그럴 시간이 없었는지도 모르고, 어쩌면 단지 나에게 맞는 여자를 만날 기회가 없었는지도……. 저는 친구가 거의 없어요, 잘 돌아다니지도 않고."

그들은 한 300걸음쯤 말없이 걸어갔다. 베로치카의 드러난 머리와 숄을 바라보는 사이 아그뇨프의 기억 속에서는 지난 봄과 여름의 나날들이 하나씩 하나씩 되살아났다. 그것은 페테르부르크에 있는 자신의 잿빛 방으로부터 멀리 떨어져 착한 사람들의 친절과 자연 그리고 좋아하는 일을 즐기며 보낸 시간이었다. 행복에 겨운 그는 아침놀이 저녁놀로 바뀌는 것도 몰랐으며, 처음에는 종달새가, 그다음은 메추리, 뒤이어 뜸부기가 여름의 끝을 예고하듯 차례차례 울음을 멈춘 것도 모르고 지낸 것이다……. 시간 가는 줄도 모를 만큼 행복하고 편안한 생활이었다……. 부자도 아니고 여행과 사람들에 익숙하지도 않은 자신이 얼마나 내키지 않는 마음으로 지난 4월 말에 이곳 N군으로 왔던가를 상기하면서 그는 혼잣말을 중얼거렸다. 그는 권태와 고독 그리고 통계학(자신이 생각하기에는 오늘날의 학문 가운데에서 가장 현저한 위치를 차지하는)에 대한 사람들의 무관심을 예상했다. 사월의 아침 N군의 소읍에 도착해서 그는 보수파 신자인 랴부힌의 여인숙에 묵었는데, 거기서는 하루 20코페이카로(단, 실내에서 금연을 조건으로) 밝고 깨끗한 방을 내주었다. 휴식을 취하고 나서 군 자치회 의장이 누구인지를 알아본 다음, 그는 곧장 걸어서 가브릴 페트로비치의 집으로 갔다. 화려한 초원과 어린 관목 숲 사이로 4베르스타 정도 걸어야 되는 길이었다. 구름 아래로는 종달새가 은방울 같은 울음소리를 허공 속으로 뿌리며 바삐 날아다녔고, 푸르러 가는 전답 위로는 갈까마귀가 고고하게 날개를 흔들며 선회하고 있었다.

"맙소사."

아그뇨프는 감탄했다.

"여기는 항상 이렇게 공기가 좋은 걸까, 아니면 내가 왔기 때문에 오늘만 특별히 그렇게 느껴지는 걸까?"

건조하고 사무적인 접대를 예상하면서 그는 눈을 힐끔거리고 겸연쩍게 턱수염을 쓰다듬으며 쿠즈네초프의 집안으로 쭈뼛쭈뼛 들어갔다. 처음에 노인은 이 젊은이와 그의 통계 작업이 지방 자치회와 무슨 상관이 있는지 이해하지 못한 채 이마를 찡그렸다. 그러나 통계 자료가 무엇이며 어디서 그 자료가 수집되는가에 관해 아그뇨프가 자세하게 설명을 해 주자 가브릴 페트로비치는 활기를 띠고 미소를 지으며 어린애 같은 호기심으로 그의 공책을 훑어보기 시작했다……. 그날 저녁에 이반 알렉세이치는 이미 쿠즈네초프의 집에 앉아서 저녁을 먹고 있었다. 그리고 독한 과실주에 이내 취해 버리고 나서는 이 새로운 이웃의 평화로운 얼굴과 느긋한 동작을 보면서 온몸이 달콤하고 나른해지는 것을 느꼈다. 쭉 뻗어 자고 싶고 괜히 웃고 싶은 심정이었다. 새 이웃은 선의가 가득한 눈으로 그를 바라보면서 부모님은 살아 계신지, 한 달 수입은 얼마인지, 극장에는 자주 가는 편인지를 물어 왔다…….

읍내에 드나들던 일, 피크닉, 낚시, 모두 함께 수녀원에 놀러 가서 마르파 원장 수녀를 만났던 일(원장 수녀는 손님들 모두에게 구슬이 박힌 지갑을 선물했다.)이 기억났다. 또한 침을 튀기고 주먹으로 책상을 쾅쾅 두드리며 끝없이 계속되던 전형적인 러시아식 논쟁들이 기억났다. 서로 이해하지도 못하면서 남의 말에 끼어들고 스스로 앞에 했던 말과 모순되는 주장을 일삼으며 닥치는 대로 주제를 바꿔가면서 두세 시간씩 계속되는 그런 논쟁 끝에 사람들은 웃으며 말하곤 한다.

"왜 이런 논쟁이 벌어졌는지 알 수가 없군그래! 처음에는 안부를 묻다가 나중엔 명복을 빌게 된 꼴이잖아!"

"저랑 당신이랑 의사 선생이랑 말을 타고 쉐스토보에 갔던 일 기억나요?"

이반 알렉세이치는 숲을 향해 걸어가면서 그녀에게 말했다.

"그때 유로지브이[1]와 마주치기도 했죠. 제가 그에게 5코페이카를 주었는데, 그는 세 번 성호를 긋더니 호밀밭에 동전을 던져 버렸지요. 맙소사, 제가 얼마나 많은 추억들을 가져가는지 모르실 겁니다. 만약에 그것들을 모아서 꼭꼭 뭉칠 수 있다면 금덩어리 하나는 족히 만들어질 텐데! 이해할 수 없어요. 수도에서 북적거리며 사는 똑똑하고 섬세한 사람들이 왜 이곳으로 오지 않는지……. 넵스키 거리나 커다랗고 습기 찬 집들 속에 아무려면 여기보다 더 많은 공간과 미덕이 있을까? 온통 화가니 학자니 기자니 하는 사람들로 채워진 내 하숙방은 항상 편견으로 가득 차 있는 것처럼 보여요."

숲을 스무 걸음 정도 앞에 두고 길에는 작고 좁은 다리가 놓여 있었다. 가장자리에 작달막한 기둥이 세워진 이 다리는 쿠즈네초프 가족과 손님들이 저녁 산책을 할 때면 작은 간이

1) 성스러운 바보, 즉 기행을 일삼는 수도사를 일컫는 말이다.

역의 역할을 해 주었다. 원한다면 사람들은 이곳에서 숲을 향해 메아리 놀이를 할 수도 있었으며 컴컴한 숲속으로 길이 사라지는 것을 볼 수도 있었다.

"자, 다리까지 왔군요!"

아그뇨프가 말했다.

"여기서 돌아가셔야겠네요……."

베라는 멈춰서 숨을 돌렸다.

"잠깐 앉아요."

기둥 중 하나에 앉으면서 그녀가 말했다.

"작별 인사를 하고 떠날 때 사람들은 보통 여기 앉지요."

아그뇨프는 그녀 곁에 책꾸러미를 놓고 걸터앉으며 말을 계속했다. 그녀는 걸음으로 가빠진 숨을 고르고 있었다. 그녀가 자기 쪽이 아닌 다른 어딘가를 바라보고 있었기 때문에 그는 그녀의 얼굴을 볼 수가 없었다.

"그런데 만약 십 년쯤 지나서 우리가 만나게 된다면."

그는 말했다.

"그때 우리는 어떤 모습일까요? 당신은 벌써 한 가정의 존경받는 어머니가 되어 있을 테고, 저는 다른 4000종의 전집과 마찬가지로 아무에게도 소용없는 어떤 통계 자료집의 작가 선생이 되어 있겠지요. 우린 만나서 옛 시절을 회상하는 거죠……. 지금 우리는 현재를 느끼며, 그 현재가 우리 마음을 채우고 설레게 합니다. 하지만 우리가 나중에 만났을 때는, 이 다리에서 마지막으로 본 날이 언제였는지, 어느 달, 어느 해였는지도 기억 못 할 겁니다……. 당신은 아마도 달라지겠지요……. 듣고 있어요? 당신은 달라질까요?"

베라는 깜짝 놀라서 그에게 얼굴을 돌렸다.

"네?"

그녀가 물었다.

"제가 지금 물어본 건……."

"미안해요, 무슨 말인지 못 들었어요."

그제서야 아그뇨프는 베라의 태도가 변한 것을 알아차렸다. 그녀는 창백한 얼굴로 가쁜 숨을 쉬었으며 숨결의 떨림은 손과 입술과 머리에도 전해지고 있었다. 그리고 머리 꼭지에서는 전처럼 하나가 아닌 두 개의 타래가 이마로 드리워져 있었다. 일부러 눈길을 피하는 기색이 역력히 보였다. 그녀는 목이 아프기라도 한 듯 옷깃을 매만지는가 하면, 어깨에 걸친 빨간 숄을 좌우로 끌어당기는 것이었다.

"추우신가 봅니다."

아그뇨프가 말했다.

"안개 속에 앉아 있는 것이 건강에 그리 좋다곤 할 수 없죠. 자, 제가 집으로 바래다 드리겠습니다."

베라는 말이 없었다.

"왜 그러세요?"

이반 알렉세이치는 미소 지었다.

"말도 하지 않고 질문에 대답도 없고. 몸이 안 좋은 겁니까 아니면 화가 나신 겁니까? 네?"

베라는 손바닥으로 자기 볼을 힘주어 누르면서 아그뇨프를 바라보다가 갑자기 홱 고개를 돌렸다.

"끔찍한 상황이야……."

그녀는 몹시 고통스런 표정을 보이며 중얼거렸다.

"끔찍해!"

"뭐가 끔찍하다는 거죠?"

아그뇨프는 어깨를 움찔하며 놀라움을 감추지 않고 물었다.

"왜 그러세요?"

베라는 더한층 무겁게 숨을 내쉬며 어깨를 떨더니 그에게 등을 돌리고 잠시 하늘을 바라보다가 말했다.

"저, 당신과 이야기할 것이 있어요, 이반 알렉세이치……."

"말씀하세요."

"당신에겐 아마 이상하게 들리겠지만…… 놀라시더라도 상관없어요."

아그뇨프는 다시 한번 어깨를 움찔하고 들을 채비를 했다.

"그러니까……."

베로치카는 고개를 숙이고 숄에 달린 방울 장식을 쓰다듬으며 말을 꺼냈다.

"저기, 제가 하고 싶은 얘기는…… 당신에게는 이상하고…… 어리석어 보이겠지만…… 저는…… 더 이상 못 참겠어요."

베라의 말은 불명확한 중얼거림으로 바뀌더니 갑작스런 울음으로 중단되고 말았다. 소녀는 숄로 얼굴을 가리고 더욱 몸을 숙이며 서럽게 울음을 터뜨렸다. 이반 알렉세이치는 당황한 나머지 딸꾹질을 하는 듯한 소리를 내고는 무슨 말을 해야 할지 갈피를 잡지 못한 채 절망적으로 자기 주변을 두리번거렸다. 눈물에 익숙지 못한 그의 눈이 괜히 간질거렸다.

"아니, 이런!"

그는 정신없이 중얼거렸다.

"베라 가브릴로브나, 왜 이러시는 겁니까, 도대체? 보세요……, 어디 아프세요? 아니면 기분 상하는 일이 있는 겁니까? 말씀하세요, 제가, 어쩌면…… 도움이 될지도……."

그가 베라를 달래주려고 조심스럽게 그녀의 손을 얼굴에서 떼어 내자 눈물 사이로 미소를 지으며 그녀가 말했다.

"저는…… 저는 당신을 사랑해요!"

그것은 소박한 인간의 입에서 나온 평범하고 단순한 단어였지만 아그뇨프는 극도로 당황하여 베라에게서 얼굴을 돌리고 일어났다. 당혹감에 뒤이어 두려움이 닥쳤다.

이별과 과실주에서 비롯된 우수, 온정과 감상적인 기분은 순식간에 사라지고 날카롭고 거북한 소심증이 그 자리를 채웠다. 갑자기 그는 마음이 바뀌어 베라를 곁눈질로 살펴보았다. 사랑을 고백하고 난 그녀는 여태껏 자신을 감싸고 있던 여성적인 고고함을 잃은 채, 키가 줄어들고 단순해지고 어두워진 것처럼 보였다.

'이게 어떻게 된 일인가?'

그는 두려움을 느끼며 생각했다.

'그런데 난 과연 그녀를 사랑하는 것일까? 그게 문제로군!'

그러나 가장 중요하고 힘든 말을 마침내 입 밖에 낸 그녀는 이미 가볍고 편안한 호흡을 되찾고 있었다. 그녀도 함께 일어나더니 이반 알렉세이치의 얼굴을 똑바로 쳐다보면서 빠른 속도로 말을 쏟아 놓기 시작했다.

갑자기 충격을 받은 사람이 자신을 혼란에 빠뜨린 소리들을 나중에 순서대로 기억할 수 없는 것처럼, 아그뇨프도 베라가 말했던 문장이나 단어들을 기억할 수 없다. 다만 그 내용이라든가 그 말을 통해서 전달된 느낌이 기억날 뿐이다. 그는 흥분으로 목이 짓눌린 듯 약간 쉰 목소리와 억양 속에 담긴 독특한 음악과 열정을 기억한다. 울고 웃으며 그리고 속눈썹에 영근 눈물 방울을 반짝이며 그녀는 말했다. 처음 알게 된 날부터 그의 독창성과 지성과 선량하고 영리한 눈빛, 그의 일과 인생의 목적에 감탄했으며, 그를 열렬하게, 미칠 듯이 깊이 사랑하게 되었다고. 여름날 정원에 나갔다가 집으로 돌아와서 현관에 놓인 그의 망토를 보거나 멀리서 들리는 그의 목소리를 듣게 되면, 그녀의 심장은 행복한 기대로 서늘해졌다고. 그가 던지는 싱거운 농담들조차도 그녀를 깔깔 웃게 만들었으며, 그의 공책에 적힌 숫자 하나하나에서 지적이고 위대한 무언가가 느껴졌고, 그의 옹이투성이 지팡이까지도 그녀에게는 근사한 나무로 만든 물건처럼 보였다고.

숲과 안개 기둥과 길가 양옆의 검은 도랑은 그녀의 목소리를 듣느라 조용해진 것 같았다. 하지만 아그뇨프의 마음속에서는 무언가 이상하고 좋지 않은 일이 벌어지고 있었다……. 사랑을 고백하는 동안 베라는 매혹적인 빛으로 감싸였으며 또한 아름답고 열정적으로 말했다. 그러나 그는 기대했던 달콤함이나 인생의 기쁨보다는 오히려 베라에 대한 동정심만을 느낄 뿐이었다. 한 착한 인간이 자신으로 인해 괴로움을 당하고 있다는 생각 때문에 가슴 아프고 미안할 뿐이었다. 그의 마음속에서 교과서적인 이성이 훼방을 놓은 것일까, 아니면 종종 사람들의 삶을 방해하는 뿌리 깊은 객관성을 향한 습성이 발동한 것일까. 어찌 되었든 간에 베라의 환희와 열정은 그에게 달콤하면서도 진지함이 없는 것처럼 보였다. 그러나 동시에 자신이 지금 보고 듣는 모든 것이 자연과 개인의 행복이라는 관점에서 보면 온갖 통계며 책이며 진리보다도 더 진지한 것이라는 느낌이 그의 마음속에서 반란을 일으켰다……. 그러면서 그는 자신이 이해할 수 없다는 사실 자체가 그의 죄라고 생각하고, 그 때문에 자신을 자책했다.

무엇보다도 난처한 것은 그가 도대체 무슨 말을 해야 할지 알 수 없음에도 불구하고 무슨 말이든 해야 한다는 상황이었다. 대놓고 '나는 당신을 사랑하지 않습니다.'라고 말할 용기는 없었고, 그렇다고 '네.'라고 말할 수도 없었다. 자신의 마음속을 아무리 헤집어 보아도 사랑의 불씨 비슷한 것도 찾을 수 없었기 때문이다.

그가 침묵하고 있는 동안에도 그녀는 계속해서 말했다. 그를 바라보는 것보다 더 큰 행복은 그녀에게 없노라, 지금이라도 그가 가는 곳이면 어디든 따라 가겠노라, 그래서 그의 아내요 조력자가 되겠노라, 만약에 그가 그녀를 버리고 간다면 그녀는 그리움 때문에 죽으리라 등등.

"저는 여기 남을 수 없어요!"

그녀는 손을 쥐어짜면서 말했다.

"이 집, 이 숲, 이 공기가 싫어요. 이 끝없는 평정과 목적 없는 삶을 참을 수 없어요. 모든 사람들이 무미건조해서 마치 물방울처럼 서로 구별이 안 되는 이 고장 사람들을 참을 수 없어요! 이들은 전부 정이 많고 선량하지요. 왜냐하면 배부르고 걱정이 없으니까, 그래서 싸울 일도 없으니까……. 그러나 저는 일과 삶의 필요로 인해 냉혹해진 사람들이 고뇌하며 사는 바로 그 커다랗고 습기 찬 집들이 좋아요……."

그러나 아그뇨프에게는 이런 말들이 시시하고 경박하게 들리는 것이었다. 베라가 말을 마쳤을 때 아그뇨프는 더욱더 무슨 말을 해야 할지 모르게 되었지만, 그렇다고 침묵할 수도 없었으므로 더듬더듬 말을 시작했다.

"저, 베라 가브릴로브나, 당신에게 무척 감사합니다만, 저는 당신으로부터 그런 호의를 받을 만한 자격이 없는 것 같습니다. 둘째로, 명예를 아는 남자로서 드리는 말씀입니다만, 저…… 행복은 평등에 기반해야 한다는 거죠, 그러니까 두 사람 모두가, 같은 마음으로 사랑을 해야……."

그러나 거기서 그는 횡설수설하고 있는 자신에게 부끄러움을 느끼며 입을 다물었다. 그는 이 순간 자신의 표정이 어리석고 비굴하고 진부해 보일 것이라고 느꼈다. 그의 얼굴은 잔뜩 긴장해서 딱딱해져 있었다. 갑자기 심각해져서 핏기가 가신 얼굴을 떨어뜨리는 것으로 보아 필경 베라는 그의 표정에서 진실을 읽은 것 같았다.

"용서하세요."

아그뇨프는 침묵을 견디지 못하고 더듬거리며 말을 꺼냈다.

"제가 당신을 얼마나 존경하는지…… 고통스러울 정도예요!"

베라는 홱 몸을 돌리더니 집 쪽으로 황급히 걸어갔다. 아그뇨프는 그녀의 뒤를 쫓아갔다.

"아니, 그러지 마세요!" 베라는 그에게 손가락을 흔들며 말했다.

"오지 말아요. 혼자서 가겠어요."

"아닙니다, 그래도…… 혼자 보내 드릴 수는 없습니다."

무슨 말을 하든 그 한마디 한마디가 아그뇨프 자신에게도 역겹고 진부하게 여겨졌다. 한 발 한 발 내디딜 때마다 죄책감이 자라났다. 그는 주먹을 부르쥐고 자책하면서 자신의 냉담함과 여성에 대한 서투름을 저주했다. 스스로를 부추길 양으로 그는 베로치카의 아름다운 몸매와 그녀의 땋아 내린 머리, 먼지 날리는 길 위에 남겨진 조그마한 발자국에 눈길을 주며 그녀의 눈물과 말들을 상기했다. 그러나 이 모든 것들은 부드러운 기분을 자아내기는 했지만 그의 마음을 뒤흔들어 놓지는 못했다.

'아, 억지로 사랑할 수는 없는 노릇이야!'

그는 그렇게 자신을 정당화했지만 한편으로는 이런 생각도 들었다.

'억지로가 아니라면 내가 언제 사랑을 해 보겠는가? 난 벌써 서른 살이 아닌가! 베라보다 나은 여자는 그동안 만나지 못했고 앞으로도 못 만날 거야……. 오, 영감태기 같으니! 서른 살에 벌써 영감이 되어 버렸어!'

베라는 저 앞에서 뒤도 안 돌아보고 머리를 푹 숙인 채, 점점 발걸음을 빨리 하며 걸어가고 있었다. 그녀는 괴로움으로 인해 몸이 졸아들어서 마치 어깨 속으로 머리가 꺼져 들어간 것처럼 보였다.

'지금 그녀의 마음이 어떨지 충분히 상상이 되는군!'

그녀의 등을 바라보며 그는 생각했다.

'너무나 창피하고 괴로워서 죽고 싶은 심정일 거야! 맙소사, 세상은 온통 생명과 시와 의미로 가득해서 바위조차도 감동시킬 정도인데, 나는…… 나는 이렇게 멍청하고 칠칠치 못하니!'

쪽문 옆에서 베라는 그를 흘낏 쳐다보더니 몸을 수그려 숄을 두르고는 재빨리 오솔길을 따라 걸어갔다.

이반 알렉세이치는 홀로 남겨졌다. 숲을 향해 발길을 되돌려 천천히 걷는 동안, 그는 여러 번 멈춰서서 스스로도 믿기지 않는다는 표정으로 쪽문을 바라보았다. 그는 길 위에 남겨진 베로치카의 발자국을 눈으로 뒤쫓았다. 그토록 그의 마음에 들었던 한 소녀가 방금 전에 그에게 사랑을 고백했으며, 그가 그 고백을 그다지도 서툴고 무뚝뚝하게 '거절'했다는 사실이 믿기지 않았다! 그는 생전 처음 인간의 선의라는 것이 얼마나 무력한가를 경험으로 깨우치게 되었다. 상식 있는 진실한 인간도 자신의 선의에 반하여 가까운 사람에게 까닭 없이 가혹한 고통을 줄 수가 있는 것이다.

그는 양심의 가책을 느꼈다. 베라가 보이지 않게 되자, 그는 굉장히 소중하고 친밀한 무언가를 잃었으며 그것은 앞으로도 되찾을 수 없을 것이라는 생각이 들었다. 젊은 시절의 한 부분이 베라와 함께 미끄러져 사라진 느낌이었다. 그토록 헛되이 괴로워했던 시간들도 이제는 다시 되풀이될 수 없을 것이었다.

다리에 이르자 그는 걸음을 멈추고 생각에 잠겼다. 자신의 괴이한 냉담함의 원인을 알고 싶었다. 그것이 외부적인 요소가 아니라 자기 안에 내재되어 있다는 점은 명백했다. 그는 솔직하게 시인했다. 그것은 영리한 인간들이 종종 과시하는 그런 이성적인 냉담함도, 자아도취적인 바보의 냉담함도 아니었다. 그것은 단지 영혼의 무기력, 아름다움을 깊이 지각하지 못하는 무능력일 뿐이며 또한 빵 한 조각을 얻기 위한 지저분한 싸움과 독신의 하숙방 생활, 그리고 교육이라는 미명 아래 얻어진 조로증에 다름 아닌 것이다.

다리를 지나서 그는 끌려가듯 천천히 숲으로 걸어갔다. 짙은 어둠 속에서 달빛을 받아 날카롭게 빛나는 곳들이 듬성듬성 보였다. 그러나 그는 자신의 생각에만 잠겨서 아무것도 느낄 수 없었다. 잃어버린 것을 되찾고 싶다는 욕망이 불같이 일었다.

그리고 다시 발길을 돌린 것을 이반 알렉세예비치는 기억한다. 스스로를 충돌질하면서, 억지로 베라의 모습을 떠올리려 하면서, 그는 쿠즈네초프의 정원을 향해 걸음을 재촉하고 있었다. 정원으로 가는 길에는 이미 안개가 걷혀 있었다. 달은 마치 세수를 한 듯 말끔해 보였고 동쪽 하늘만 안개 낀 얼굴을 찌푸리고 있었다. 아그뇨프는 자신의 조심스러운 발걸음과 불 꺼진 창을, 헬리오트로프와 목서초의 짙은 향기를 기억한다. 그를 아는 카로가 반갑게 꼬리를 흔들며 다가와 손 냄새를 맡았다. 그 개는 그가 두 번째로 이 집 근처에 온 것을 본 유일한 생명체였다. 그는 베라의 불 꺼진 창가에 잠시 서 있다가 손을 내젓고는 깊은 한숨을 내쉬며 정원을 떠났다.

한 시간 뒤에 그는 이미 읍내에 있었다. 그는 지치고 상심한 몸과 열이 오른 얼굴을 여인숙 현관에 기대고 문을 두드렸다. 읍내 어딘가에서 개 한 마리가 잠이 덜 깬 소리로 짖어 댔고 그의 노크에 대답이라도 하듯 교회 쪽에서 누군가가 무쇠로 된 딱따기를 두드렸다.

"오밤중에 싸돌아다니기는……."

여자 옷처럼 보이는 긴 잠옷을 입은 보수파 신자 주인은 현관문을 열어 주며 투덜거렸다.

"뭐 하러 싸돌아다녀, 그 시간에 기도나 하지."

자기 방으로 들어간 이반 알렉세이치는 침대에 털썩 주저앉아서 오래도록 불빛을 바라보았다. 이윽고 그는 체머리를 흔들면서 짐을 싸기 시작했다.

(1887)

미녀

1

내가 아직 김나지야의 5학년이나 6학년[1]에 다니던 때의 일로 기억된다. 할아버지와 함께 로스토프의 돈스키현에 있는 볼샤야 크레프카야 마을에 가는 길이었다. 8월의 폭염이 끓고 있는, 끔찍하리만큼 따분한 날씨였다. 더위와 뜨겁고 건조한 바람, 그리고 우리를 덮쳐 오는 먼지 구름 때문에 눈꺼풀이 달라붙고 입술이 바짝바짝 말랐다. 보는 것도, 말하는 것도, 생각하는 것도 다 귀찮았다. 깜박 졸다가 잠이 깬 우크라이나인 마부 카르포가 말에게 채찍을 휘두른다는 것이 잘못해서 내 학생 모자를 때렸을 때도, 나는 항의를 하기는커녕 찍소리

1) 김나지야는 우리나라로 치자면 중학교와 고등학교를 합친 중등교육 기관으로서 칠팔 년의 수학 연한을 가진다.

도 않고 선잠에서 깨어나 시무룩한 눈으로 얌전히 먼 곳을 바라보았을 뿐이었다. 먼지 너머로 마을이 보이지 않을까 해서였다. 말에게 여물을 주기 위해 우리는 바흐치 살라흐라는 아르메니아인 마을에 들러서 할아버지의 친구인 부자 아르메니아인의 집에 마차를 세웠다. 나는 이 아르메니아인처럼 만화같이 생긴 사람은 생전 처음 보았다. 바투 깎은 조그만 머리 밑에 달린 짙은 눈썹, 새의 부리 같은 코, 길고 하얀 콧수염과 커다란 입, 그리고 그 입으로부터 삐죽 삐어 나온 벚나무 담뱃대…… 이런 모습을 한번 상상해 보라. 우스꽝스럽게도 잘록한 빨간색 외투에 넓은 코발트색 승마 바지를 차려입은, 빈약하고 굽은 몸통 위에는 작은 머리가 어색하게 붙어 있었다. 이 인물은 팔자걸음으로 신발을 끌면서 입에서 담뱃대를 떼지도 않고 말을 했는데, 눈은 둥그렇게 뜨고서 웃지도 않고, 손님들에게 가능한 한 관심을 두지 않으려 애쓰는 그 행동거지로 보면 전형적인 아르메니아인다웠다.

아르메니아인의 집안에는 바람도 먼지도 없었지만 스텝 지역과 길에서 그랬던 것과 마찬가지로 불쾌하고 갑갑하고 따분했다. 폭염에 지친 나는 먼지를 잔뜩 뒤집어쓴 채로 구석에 있는 초록색 궤짝 위에 앉아 있었던 것이 기억난다. 칠이 안 된 나무 벽과 가구, 그리고 황토를 바른 바닥은 햇볕에 바싹 구워져서 말라비틀어진 나무 냄새를 풍기고 있었다. 어디를 보아도 파리, 파리들……. 할아버지와 아르메니아인은 나지막한 목소리로 소 떼와 방목장과 양들에 관해 이야기를 하고 있었다. 나는 사모바르를 준비하는 데 앞으로 한 시간은 걸릴 것이며, 할아버지가 차를 마시는 데에 한 시간 이상, 그다음에 두 세 시간 잠을 잘 터이므로 결국 4시나 돼야 기다림이 끝나리라는 것을 알고 있었다. 그다음에는 또다시 더위와 먼지와 덜컹거리는 여행이 기다리고 있다는 것도 알았다. 두 사람의 두런거리는 목소리를 듣고 있자니, 내가 아주 아주 오래전부터 뜨거운 태양 아래서 이 아르메니아인과 찬장과 파리들과 창문들을 보고 있는 듯한 느낌이 들기 시작했다. 또한 내가 이 장면을 앞으로도 아주 오랫동안 계속 보게 되리라는 생각이 들면서 스텝과 태양과 파리들에 대한 증오심이 내 마음속을 가득 채웠다.

치마를 입은 우크라이나 여자가 먼저 찻잔을 쟁반에 담아 들고 오더니, 이어서 사모바르를 가지고 왔다. 아르메니아인은 느긋한 걸음으로 현관으로 나가서 소리쳤다.

"마시아! 와서 차를 따라라! 어디 있니, 마시아?"

잰걸음 소리가 들리더니 수수한 사라사 옷에 하얀 머릿수건을 두른 열여섯 살가량의 소녀가 방으로 들어왔다. 찻잔을 씻고 차를 따르는 동안 그녀는 나에게 등을 보이고 있었으므로 나는 단지 그녀의 허리가 가늘었으며 맨발이라는 것과 밑으로 드리워진 속바지가 작은 발가락들을 살짝 덮고 있다는 것만 알았을 뿐이었다.

주인은 나에게 차를 권했다. 나는 식탁 앞에 앉으면서 나에게 잔을 갖다주는 소녀의 얼굴을 살짝 바라보았다. 그 순간 내 머릿속으로 휘익 바람이 불어오더니 권태며 먼지와 같은 오늘 하루 동안의 찌꺼기들을 한꺼번에 날려 버리는 것이었다. 나는 현실은 물론 꿈속에서 보았던 그 누구보다도 아름다운 인물을 넋을 잃은 채 바라보았다. 내 앞에는 '미녀'가 서 있었다. 번개를 한 번 보면 알듯 나는 그것을 한눈에 알 수 있었다.

나는 마샤가 혹은 그 아버지가 부르는 이름대로라면, 마시아가 진정한 미녀였다고 맹세할 수 있다. 물론 그것을 증명할 수는 없다. 가끔 구름이 지평선 위로 어지럽게 모여들 때, 태양이 그 너머로 저물면서 상상할 수 있는 온갖 색깔들로 구름과 하늘을 물들이는 경우가 있다. 자주색, 오렌지색, 황금색, 연보라색, 분홍색…… 어떤 구름은 수도사, 어떤 구름은 물고기, 또 어떤 구름은 터번을 쓴 터키인처럼 보인다. 석양은 하늘의 삼분의 일을 덮고 교회 십자가 위에서, 영주의 저택 창문 위에서, 강물과 웅덩이 위에서 빛나며 나무들 위에서 아롱거린다. 저기 멀리 노을을 배경으로 들오리 한 떼가 어딘가로 잠을 자러 날아가고……, 그리하여 소를 모는 목동이나, 사륜마차를 타고 제방을 건너가는 측량 기사나, 산책 나온 지주 나리들이나, 모두가 이 석양을 보면서 한 가지 생각을 하는 것이다. 이건 정말 아름답다고. 하지만 아무도 그 아름다움의 비밀을 알거나 말할 수는 없는 것이다.

아르메니아 소녀가 아름답다는 사실을 발견한 사람은 나 혼자만이 아니었다. 팔십 노인인 할아버지가, 여자들이나 자연의 아름다움에 무관심한 이 거친 사나이가 1분 가까이 마샤를 다정한 눈으로 바라보더니 이렇게 물었다.

"이 아이가 당신 따님입니까, 아베트 나자르이치 씨?"

"딸입니다. 내 딸이에요……."

주인이 대답했다.

"훌륭한 숙녀로군요."

할아버지는 그렇게 칭찬했다.

화가라면 이 아르메니아 소녀의 아름다움을 고전적인 엄격미라고 했을 터였다. 그것은 찬찬히 응시하고 있노라면 어느샌가 당신이 어떤 완벽한 형상을 보고 있다는 확신을 갖게끔 만드는 그런 아름다움이었다. 머리카락, 눈, 코, 입, 목, 가슴 그리고 젊은 육체의 모든 움직임은 완전한 조화를 이루고 있었으며, 창조자 자연은 그 속에서 털끝만 한 실수도 보이지 않았다. 당신은 자기도 모르게 이상적인 미녀라면 바로 이 마샤와 같은 오똑하고 자그마한 매부리코와 크고 까만 눈동자를, 바로 이런 긴 속눈썹과 우수 어린 시선을 가져야만 된다고 믿게 될 것이다. 또한 당신은 푸른 갈대밭이 고요한 강물에 어울리듯 그녀의 검은 곱슬머리와 눈썹이 그 이마와 볼의 부드러운 하얀빛에 어울린다고 생각하게 될 것이다. 마샤의 하얀 목과 젊은 가슴은 아직 충분히 무르익지 않았지만 막상 이를 조각할 수 있으려면 엄청난 창조적 재능을 소유해야만 하리라는 생각도 들 것이다. 마샤를 보고 있노라면 당신은 무언가 특별히 즐겁고 진실한 이야기를, 그녀 자신처럼 아름다운 이야기를 그녀에게 하고픈 욕망을 점점 더 느끼게 될 것이다.

처음에 나는 마샤가 나에게 전혀 관심을 보이지 않고 내내 시선을 깔고 있어서 화가 나고 부끄러웠다. 어떤 묘한, 행복하면서도 오만한 분위기가 나와 그녀를 가르고 나의 시선을 심술궂게 차단하는 것처럼 느껴졌다.

'이건 내가 온종일 먼지를 뒤집어쓰면서 햇볕을 쬐었기 때문이야. 그리고 내가 어린애여서 그래.' 하고 나는 생각했다.

그러나 나중에는 차츰 자신을 잊고 완전히 그녀의 아름다움에 도취되는 것이었다. 나는 이미 스텝의 권태와 먼지도 생각나지 않았으며, 파리가 윙윙거리는 소리도 들리지 않았고, 차의 맛도 알 수 없었다. 오로지 식탁 너머에 아름다운 소녀가 서 있다는 것을 느낄 뿐이었다.

이 아름다움에 대한 나의 느낌은 묘한 것이었다. 마샤가 나의 마음속에서 불러일으킨 것은 욕망도, 열광도, 쾌감도 아니었으며 어떤 달콤하면서도 괴로운 슬픔이었다. 그것은 무어라 규정할 수 없는, 마치 꿈처럼 모호한 슬픔이었다. 어째서 그런지는 모르겠으나 자신과 할아버지와 아르메니아인이, 나아가서는 이 아르메니아 소녀까지도 불쌍하다는 생각이 들었다. 우리들 네 사람 모두가 인생에서 중요하고 꼭 필요한 무언가를 잃어버렸으며 이제는 그것을 영영 찾을 수 없을 것만 같았다. 할아버지도 슬퍼 보였다. 그는 이제 소나 양에 대한 이야기를 그치고 말없이 생각에 잠긴 채 마샤를 바라보고 있었다.

차를 마시고 나서 할아버지는 잠자리에 들었다. 그러나 나는 집 밖으로 나와서 현관 앞 계단 위에 앉았다. 바흐치 살라흐의 다른 모든 집처럼 그 집은 양지에 세워져 있었으며 나무도 처마도 그늘도 없었다. 아르메니아인의 넓은 마당에는 명아주 풀이 무성했고 주변은 지독한 폭염에도 불구하고 생기가 넘치고 시끌벅적했다. 마당을 이리저리 갈라 놓고 있는 높다란 바자 울타리 너머로 타작이 벌어지고 있었다. 탈곡장 한 가운데에 버티고 있는 기둥 주변에는 열두 마리의 말들이 한 줄로 매어진 채 큰 원을 그리며 달리고 있었고 그 옆에서 긴 조끼와 넓은 승마 바지를 입은 우크라이나인이 채찍을 휘두르고 있었다. 그는 말 울음소리를 흉내 내며 이 짐승들에 대한 자신의 권위를 과시하듯 소리치고 있었다.

"아, 아, 아! 이 저주받을 놈들! 아, 아, 아! 이 망할 놈들아! 무섭냐?"

밤색 말, 하얀 말, 얼룩말들은 이 사람이 어째서 자기들로 하여금 한 자리를 빙빙 돌며 밀짚을 짓밟게 하는지도 모르고 내키지 않는다는 표정으로 사납게 꼬리를 흔들며 달리고 있었다. 말들의 발굽질이 일으키는 바람은 황금빛 왕겨들의 구름을 만들어 바자 울타리 너머로 멀리 날려 보냈다. 갓 쌓아 올린 높다란 낟가리 주변에서는 써레를 든 아낙네들이 꾸물거리고 있었고 짐마차들이 돌아다녔다. 낟가리 너머에 있는 다른 집 마당에서는 기둥 주위로 똑같은 열두 마리의 말들이 달리고 있었으며 똑같은 우크라이나인이 채찍을 휘두르며 말들을 놀리고 있었다.

내가 앉아 있는 계단은 뜨거웠다. 난간과 창틀은 열기로 인해 스며 나온 나무진 때문에 끈적거렸고 계단과 덧창에 드리워진 창살 무늬의 그늘 속에서 자그마한 딱정벌레들이 서로를 찔러 대고 있었다. 태양이 내 머리와 가슴과 등짝을 구워 대고 있는데도 나는 거기에 아랑곳하지 않고 오로지 내 뒤쪽 현관과 방 안에서 그녀가 나무판으로 짠 마루를 맨발로 타박타

박 걷는 소리만 듣고 있을 뿐이었다. 찻잔을 다 치운 마샤는 내 곁으로 휙 바람을 일으키며 계단을 뛰어 내려가더니 그을음투성이의 작은 별채로 새처럼 날아갔다. 양고기 굽는 냄새가 나는 것으로 보아 부엌임이 분명한 그 건물에서는 아르메니아인들의 성난 목소리가 들려왔다. 그녀가 어두운 문 속으로 사라지고 나자 문간에는 허리가 굽고 붉은 얼굴에 초록색 승마 바지를 입은 늙은 아르메니아 여자가 나타났다. 노파는 화를 내며 누군가에게 욕을 하고 있었다. 얼마 안 돼서 부엌의 열기로 얼굴이 발개진 마샤가 커다란 흑빵을 어깨에 둘러메고 문간에 나타났다. 그녀는 흑빵의 무게 때문에 맵씨 있게 등을 구부린 모습으로 마당을 가로질러 바자 울타리를 훌쩍 뛰어 넘어서 탈곡장으로 달려갔다. 그리고 황금빛 왕겨의 구름 속에 파묻히더니 짐마차 뒤쪽으로 사라졌다. 말들을 몰던 우크라이나인이 채찍을 떨구고 한참 동안 말없이 짐마차 쪽을 바라보았다. 그러다가 아르메니아 소녀가 다시 말 떼 근처에 나타나서 바자 울타리를 훌쩍 뛰어 넘어가자, 사나이는 그녀의 뒷모습을 눈으로 좇으며 꽤나 슬픈 목소리로 말떼를 향해 소리 지르는 것이었다.

"야, 뒈져라 이놈들, 이 마귀 같은 놈들아!"

그러고 나서 나는 줄곧 그녀가 맨발로 걷는 소리를 들으며 심각하고 걱정스런 얼굴로 마당을 돌아다니는 것을 보고 있었다. 그녀는 내 주위로 바람을 일으키며 계단을 뛰어 내려가는가 하면, 부엌으로, 탈곡장으로, 대문으로 분주히 달려갔고 나는 그녀의 모습을 뒤좇느라 고개를 돌리기에 바빴다.

그녀가 그 아름다운 모습으로 내 눈앞에서 어른거리는 횟수가 잦아질수록 나의 슬픔은 더해 갔다. 나도 그녀도, 그리고 그녀가 왕겨의 구름을 지나 짐마차 뒤로 뛰어갈 때마다 슬픈 눈으로 뒷모습을 좇는 그 우크라이나인도 불쌍했다. 그것은 소녀의 아름다움에 대한 질투 때문인지, 아니면 이 소녀가 지금 내 것이 아니며 앞으로도 영영 내 것이 될 수 없는 타인이었기 때문이었는지, 아니면 소녀의 흔치 않은 아름다움이 지상의 다른 모든 존재들처럼 우연하고 불필요하고 무상한 것이라는 사실을 내가 막연히 느끼고 있었기 때문인지, 알 수 없는 일이었다. 어쩌면 나의 슬픔은 진정한 아름다움을 관조할 때 인간의 마음속에서 불러일으켜지는 특별한 감정이었는지도 모른다. 누가 알겠는가!

세 시간의 기다림은 순식간에 흘러갔다. 강에 가서 말을 씻기고 돌아온 카르포가 마차에 말을 매기 시작했을 때, 아마도 나는 마샤의 모습을 놓친 것 같았다. 흠뻑 젖은 말은 기분이 좋아서 콧김을 내뿜으며 발굽으로 마차를 톡톡 두드리고 있었다. 카르포가 말에게 "물러서!" 하고 소리쳤다. 할아버지가 잠을 깼다. 마샤는 우리에게 삐걱거리는 대문을 열어 주었고, 우리는 짐마차에 올라탄 후 마당을 나섰다. 길을 가는 동안 우리는 서로에게 화가 난 것처럼 말이 없었다.

두세 시간쯤 지나서 저 멀리 로스토프와 나히체반이 보이자 그동안 줄곧 말이 없던 카르포가 주변을 휘이 둘러보더니 이렇게 말했다.

"그 아르메니아 아가씨 정말 대단했어!"

그러고 나서 그는 말에게 채찍을 휘둘렀다.

2

또 한번은 대학 시절 기차를 타고 남쪽으로 가는 길에 있었던 일이다. 5월이었다. 벨고로드와 하리코프 사이의 어떤 역에서 나는 잠시 바람을 쏘이러 플랫폼으로 나갔다.

역사의 정원과 플랫폼에 그리고 들판에도 벌써 저녁 어스름이 깔려 있었다. 역사 건물이 석양을 가리고 있기는 했지만 기관차에서 무럭무럭 뿜어져 나오는 연기의 끄트머리가 연한 장밋빛으로 물든 것을 보아 태양은 아직 저물지 않은 것이 분명했다.

플랫폼을 거닐던 나는 밖에 나온 승객 대부분이 한 이등 객차 주변에서 서성거리고 있다는 사실에 눈길이 미쳤다. 승객들은 마치 이 객차에 누군가 유명한 사람이 타고 있다는 듯한 표정을 하고 있는 것이었다. 이 객차 주변에 모여든 호기심 많은 승객들 중에는 마침 나의 동행인 포병 장교가 있었는데, 그로 말하자면 우리가 여행 도중에 잠시 잠깐 우연히 알게 되는 모든 이들처럼 온화하고 기분 좋은 사람이었다.

"여기서 뭘 보고 계십니까?" 하고 나는 물었다.

그는 아무런 대답 없이 눈짓으로 나에게 한 여자를 가리켰다. 여자는 열일곱이나 열여덟 살쯤 되어 보이는 젊은 아가씨였는데, 모자는 쓰지 않았지만 러시아 전통 의상을 입고 한

쪽 어깨에는 아무렇게나 숄을 걸친 모습이었다. 아마도 승객이 아니라 역장의 딸 내지는 누이쯤으로 보였다. 그녀는 차창 옆에 서서 한 중년의 여자 승객과 이야기를 하고 있었다. 나는 당장 언젠가 아르메니아인 마을에서 겪었던 바로 그 느낌에 불현듯 사로잡혀 있다는 사실을 선명하게 깨달았다.

아가씨는 대단한 미인이었으며 이 점에 대해 나는 물론 그녀를 본 누구라도 의심할 수 없었다.

만약에 상식적으로 그녀의 외모를 조목조목 묘사한다고 치면 정말로 멋있는 부분은 옅은 금발로 물결 치는 숱이 많은 머리카락밖에 없었다. 머리 위에서 검은 리본으로 매듭을 지어 길게 늘어뜨린 그 머리카락을 제외한 나머지 부분들은 뭔가 어긋나 있거나 아니면 극히 평범했던 것이다. 아양을 떠는 독특한 방식인지 아니면 가까운 사이여서 그런지 모르겠으나 그녀의 눈은 윙크하듯 가늘게 좁혀져 있었으며, 코는 약간 들창코인 데다가, 입은 작았으며, 옆에서 본 얼굴은 윤곽이 희미했고, 어깨는 나이에 맞지 않게 좁았다. 하지만 그럼에도 불구하고 아가씨는 진정한 미녀의 인상을 보여 주었다. 그리하여 나는 그녀를 보면서 러시아적인 얼굴이 아름다워 보이기 위해서는 반드시 완벽한 외모를 가질 필요는 없다고 확신하기에 이르렀다. 만약에 이 아가씨에게 그 들창코 대신에 아르메니아 소녀와 같은 오똑하고 조형적으로 완벽한 코를 붙여 놓는다면 그 얼굴은 아마도 원래의 매력을 상실하고 말 것이었다.

차창가에 서서 이야기를 나누는 동안 그 아가씨는 습한 저녁 공기에 몸을 움츠리면서 이따금 주변 사람들을 돌아보았으며, 혹은 허리를 젖히기도 하고, 혹은 손을 들어 머리를 매만지기도 했다. 또한 그녀는 이야기 도중에 웃으면서 표정으로 놀라움을, 혹은 두려움을 나타내기도 했다. 나는 그녀의 몸과 얼굴이 잠자코 있던 순간을 기억할 수 없다. 아름다움의 비밀과 마법은 바로 끊임없이 이어지는 이 작고 우아한 동작들, 그 미소, 그 표정, 우리들을 훑고 있는 날쌘 시선 속에 있었던 것이다. 섬세하고 우아한 그 움직임들은 젊음과 신선함, 그리고 그녀의 웃음이며 목소리에서 울리는 영혼의 순수함과 결합된 것이었다. 그것은 또한 우리가 아이들이나 새들, 어린 사슴이나 나무들 속에서 발견하는 사랑스러운 연약함과도 연결되어 있는 것이었다.

그것은 왈츠와 웃음소리 속에서 정원을 춤추며 날아다니는 나비의 아름다움이었다. 그것은 심각한 사색이나 슬픔, 고요함과는 무관한 아름다움이었다. 플랫폼에 산들바람이 불거나 비가 오면 그 가냘픈 육체는 갑자기 시들어 버리고, 그 변덕스러운 아름다움은 꽃가루처럼 흩어져 버릴 것만 같았다.

"그렇군요……."

이윽고 두 번째 종이 울리고 객차로 가야 할 시간이 되자 장교는 한숨을 쉬며 그렇게 중얼거렸다.

이 '그렇군요.'가 무슨 뜻이었는지에 대해서는 굳이 말하지 않겠다.

그는 아마도 그 미녀와 봄날 저녁의 공기를 떠나 갑갑한 객차 안으로 들어가는 것이 싫어서 우울했을 것이다. 아니, 어쩌면 그는 미녀와 자기 자신과 나, 그리고 내키지 않는 걸음으로 꾸물꾸물 자신의 객차로 들어간 모든 승객들이 괜히 불쌍해졌는지도 모른다. 우리는 역사의 창문가를 지나치다가, 그 너머에서 전신장비 앞에 앉아 있는 붉은 머리의 전신수를 보았다. 장교는 위로 뻗친 곱슬머리에 광대뼈가 튀어나온 누런 얼굴의 전신수를 바라보며 한숨을 쉬더니 이렇게 말했다.

"이 전신수가 아까 본 미녀와 사랑에 빠질 거라는 데 내기를 걸겠어요. 이런 선녀 같은 여자와 한지붕 밑에 지내면서 사랑에 빠지지 않는다는 건 인간의 힘으로 불가능하지요. 친구, 이런 시시하고, 얌전하고, 똘똘하고, 꾸부정한 곱슬머리로 태어나서, 우리들에게는 눈길도 주지 않는 이 멍청한 미녀와 사랑에 빠진다면, 그건 얼마나 불행하고 우스운 일일까요! 아니, 더 나쁠 수도 있지. 상상해 봐요. 이 전신수가 아가씨를 사랑하면서 동시에 아내를 갖고 있다면, 또한 그 아내가 그와 마찬가지로 꾸부정하고 얌전한 곱슬머리라면…… 끔찍한 노릇이죠!"

우리 객차 근처에서 한 차장이 광장 철책에 몸을 기대고 미녀가 서 있던 쪽을 바라보고 있었다. 그의 깡마르고 푸석푸석한, 밤새 잠도 못 자고 열차의 진동에 시달린 데다 소화 불량인 듯한 얼굴은 감동과 함께 깊은 슬픔을 표현하고 있었다. 그는 마치 그 아가씨에게서 자신의 젊음과 행복을, 순수한 본성을, 그리고 아내와 아이들을 본 듯했다. 그는 이 아가씨가 자신의 것이 아니라는 사실을 마치 온몸으로 인정하고 느끼는 듯했다. 일찌감치 노쇠해진 데다 개기름이 흐르는 흉한 얼굴을 한 그에게 있어서 보통 사람의 행복이나 여행객의 행복 같은 것은 마치 저 하늘처럼 먼 곳에 있을 터였다.

세 번째 종이 울리고 여기저기서 호루라기 소리가 어지럽게 들리더니 기차가 천천히 움직이기 시작했다. 차창 밖으로 먼저 차장과 역장이 스쳐지나가고 그다음에는 정원이, 그리고 그 미녀가 지나갔다. 그 신비스러운, 어린아이처럼 장난스런 미소와 함께…….

차창 밖으로 고개를 내밀고 뒤쪽을 바라보니 그녀가 눈으로 기차를 전송하는 모습이 보였다. 그녀는 플랫폼을 걸어가다가 전신수가 앉아 있는 창문 곁을 지나게 되자 머리를 매만지더니 정원으로 뛰어갔다. 역사의 서편으로는 벌써 울타리가 끝나서 넓은 들판이 보였다. 해는 이미 저물었고, 검은 연기는 막 싹이 터서 초록빛 빌로드처럼 보이는 밭 위로 무리지어 깔리고 있었다. 봄날의 공기 속에도, 어두워지는 하늘에도 그리고 객차 안에도 슬픔이 감돌고 있었다.

아까 보았던 차장이 객차 안으로 들어와서 촛불에 불을 밝히기 시작했다.

(1888)

거울

섣달 그믐날 저녁이다. 낮이나 밤이나 시집갈 꿈만 꾸고 있는 장군 나리의 젊고 예쁜 딸 넬리는 지쳐서 반쯤 감긴 눈으로 거울을 보고 있다. 그녀는 바로 거울처럼 창백하고 긴장된 모습으로 꼼짝 않고 앉아 있다.

좁고 끝이 없는 복도를 닮은, 보이기는 하지만 실존하지 않는 풍경, 무수한 촛불들의 행렬, 그녀의 반사된 얼굴, 팔, 거울의 액자…… 이 모든 것들은 벌써 오래전에 안개에 뒤덮인 채로 끝없는 잿빛 바닷속으로 한데 섞여 들어가고 있었다. 바다는 출렁이고 반짝이다가 이따금 노을로 불타오른다…….

넬리의 움직임 없는 눈동자와 벌려진 입을 보노라면 그녀가 자고 있는지 깨어 있는지 분간하기 힘들지만, 어쨌든 그녀는 보고 있다. 처음에 그녀는 단지 누군가의 부드럽고 매혹적인 눈웃음을 보는 듯했으나 나중에는 출렁이는 잿빛 배경 위에서 점점 선명해지는 머리의 윤곽을, 그리고 얼굴과 눈썹과 턱수염을 본다. 그 사람이다. 오랜 동경과 희망의 대상, 그녀의 약혼자다. 약혼자는 넬리의 전부였다. 그는 인생의 의미이며 개인적인 행복이며 성공이며 운명이다. 그가 없는 세상에는 이 잿빛 배경처럼 암흑과 공허와 무의미만이 있을 뿐이다. 그러니 자기 앞에서 부끄러운 듯 미소 짓고 있는 이 아름다운 얼굴을 보면서 그녀가 황홀해하는 것도, 그 어떤 말이나 글로 표현할 수 없는 달콤한 혼란을 느끼는 것도 전혀 이상한 일이 아니다. 계속해서 그녀는 그의 목소리를 듣고, 한 지붕 아래서 그와 함께 사는 장면을 본다. 차츰차츰 자신의 삶이 그의 삶과 결합되어 가는 것을 본다. 잿빛 배경 위로 세월이 주마등처럼 흘러간다……. 그리하여 넬리는 자신의 미래를 낱낱이 뚜렷하게 본다.

잿빛 배경 위에서 이런저런 장면들이 나타났다 사라진다. 지금 그녀는 어느 추운 겨울밤, 자신이 고을 의원인 스테판 루키치의 집 대문을 두드리는 것을 보고 있다. 대문 뒤에서 늙은 개가 목쉰 소리로 게으르게 짖고 있다. 의사 선생의 방 창문에는 불빛이 보이지 않는다. 주변에는 정적이 감돌고 있다.

"제발……. 제발!"

넬리는 속삭인다.

그런데 마침내 쪽문이 끼익 하며 열린다. 넬리는 자기 앞에 의사 선생 댁의 요리사가 서 있는 것을 본다.

"선생님 집에 계세요?"

"주무시는뎁쇼……."

요리사는 주인이 깨어날까 두려운 듯 손으로 입을 가리고 속삭인다.

"방금 전염병 환자를 진찰하고 돌아오셨거든요. 깨우지 말라고 분부하셨어요."

그러나 넬리는 요리사의 말을 듣지 않는다. 넬리는 한 손으로 그녀를 밀치고 미친 여자처럼 의사 선생의 집안으로 들어간다. 몇 개인가 어둡고 갑갑한 방들을 지나며 의자 두세 개를 쓰러뜨리고 나서야 그녀는 가까스로 의사 선생의 침실을 찾아낸다. 스테판 루키치는 자신의 침대 위에 코트만을 벗은 채로 누워서, 오므린 입술 위에 손바닥을 얹고 거기다가 숨을 쉬고 있다. 침실용 등잔이 그 옆에 희미하게 빛나고 있다. 넬리는 아무 말도 못하고 의자에 앉아서 울기 시작한다. 그녀는 온몸을 떨며 서럽게 울고 있다.

"나…… 남편이 아파요!"

그녀는 간신히 그렇게 말한다.

스테판 루키치는 말이 없다. 그는 느릿느릿 일어나서 주먹 쥔 손에 머리를 기대고 잠이 덜 깬 멍한 눈동자로 그녀를 응시한다.

"남편이 아파요!"

그녀는 울음을 참으며 계속한다.

"제발, 같이 가요…… 빨리요……. 가능한 한 빨리요!"

"네?"

손바닥에 숨을 내쉬며 그는 웅얼거린다.

"같이 가요! 지금 당장! 안 그러면…… 안 그러면…… 생각만 해도 끔찍해…… 제발이요!"

걱정으로 파랗게 질린 넬리는 눈물을 삼키고 숨을 몰아쉬며 남편의 갑작스런 발병과 자신의 표현할 길 없는 공포를 의사 선생에게 설명하기 시작한다. 그녀의 고통은 바위라도 감복시킬 정도였지만 의사 선생은 그녀를 보며 손바닥 위에 숨을 불어넣을 뿐 꼼짝하려 하지 않는다.

"내일 가지요……."

그는 중얼거린다.

"그럴 순 없어요!"

넬리는 질겁한다.

"난 알아요, 남편은…… 티푸스예요! 지금, 바로 지금 선생님이 필요해요!"

"나는 저…… 방금 돌아왔어요……."

의사 선생은 중얼거린다.

"사흘 동안 전염병 지역에 있다 왔어요. 지쳤을 뿐만 아니라 나 자신도 병이 났어요……. 도저히 갈 수가 없어요! 도저히! 내가……, 바로 나 자신이 전염됐단 말입니다……. 자, 보시오!"

하면서 의사 선생은 넬리의 눈앞에 체온계를 내민다.

"체온이 40도에 가까워요……. 도저히 못 갑니다! 나는…… 나는 앉아 있을 기운도 없다고요. 용서하시오, 누워야겠으니……."

의사는 눕는다.

"부탁이에요, 선생님!"

넬리는 절망적으로 신음했다.

"이렇게 빌겠어요! 도와주세요, 제발. 어떻게든 기운을 짜내서 저랑 같이 가요……. 은혜는 꼭 갚겠어요, 선생님!"

"맙소사…… 말했잖습니까! 오!"

넬리는 벌떡 일어나서 신경질적으로 침실을 오락가락했다. 그녀는 의사에게 설명을 해서 그를 설득하고 싶었다. 그녀에게 남편이 얼마나 소중하며 그녀가 지금 얼마나 불행한가를 의사가 안다면 자신의 피로와 병도 잊을 수 있을지 모른다는 생각이 들었다. 그러나 어떻게 말해야 그를 납득시킬 수 있을까?

"젬스트보[1]의 의사에게 가 봐요……."

그녀는 스테판 루키치의 목소리를 듣는다.

"그건 불가능해요! 젬스트보는 여기서 25베르스타나 떨어져 있고 우린 시간이 없어요. 그리고 말도 충분하지 않아요. 우리 집에서 여기까지 40베르스타를 왔는데 여기서 젬스트보의 의사에게 가려면 또 그만큼을 가야 할지 몰라요. 안 돼요, 불가능해요! 같이 가요, 스테판 루키치! 저에게 용기를 보여 주세요. 자, 선생님은 영웅이 되시는 거예요! 저를 불쌍히 여기셔서!"

"어쩌라는 건지……. 이렇게 열이 펄펄 나고 머리가 빙빙 도는데 이 여자는 이해를 못 하는군. 안 되겠소! 날 내버려 둬요."

---

1) 주와 군 단위에 설치되어 있던 제정 러시아의 지방 자치 기관.

"하지만 선생님은 가야 돼요! 안 가곤 못 배길 거예요! 이건 이기주의라고요! 사람은 이웃을 위해 목숨도 버릴 수 있어야 돼요. 그런데도 선생님은…… 선생님은 안 가시겠다는 겁니까! 선생님을 고발하겠어요!"

넬리는 자신이 모욕적이고 얼토당토않은 말을 지어내고 있다고 느꼈지만 남편을 구하기 위해서는 논리나 절제도, 다른 사람에 대한 이해도 잊을 준비가 되어 있었다……. 의사는 찬물 한 잔을 벌컥벌컥 마시는 것으로 그녀의 협박에 대한 대답을 대신한다. 넬리는 또다시 간청하고 막판에 몰린 거지처럼 동정을 호소한다……. 마침내 의사는 항복한다. 그는 느릿느릿 몸을 일으키더니 숨을 헐떡이고 끙끙거리면서 자신의 코트를 찾는다.

"여기 코트가 있어요!"

넬리는 그를 돕는다.

"제가 입혀 드릴게요……. 자, 됐어요. 가세요. 제가 보답을 해 드릴게요……. 평생 은혜를 잊지 않을게요……."

하지만 이건 또 웬 고문인가! 코트를 입고 나더니 의사는 다시 자리에 눕는다. 넬리는 그를 일으켜서 현관으로 끌고 간다. 현관에서 겨울 덧신과 털외투를 입히느라 길고 긴 실랑이를 벌인다……. 의사의 털모자가 떨어진다……. 그리하여 마침내 넬리는 마차에 오른다. 그녀 옆에는 의사가 있다. 이제 40베르스타를 타고 가기만 하면 그녀의 남편은 치료받을 수 있는 것이다. 바깥은 칠흑 같은 어둠으로 덮여서 코앞도 분간할 수 없다……. 냉랭한 겨울바람이 분다. 마차 바퀴는 얼어붙은 구릉 위를 구르고 있다. 마부는 툭하면 마차를 세우고 어느 길로 가야 할지 고민한다…….

넬리와 의사는 길을 가는 동안 내내 말이 없다. 몸이 심하게 흔들리고 있었지만 그들은 추위도 진동도 느끼지 못한다.

"더 빨리! 더 빨리!"

넬리는 마부를 재촉한다.

새벽 5시가 가까울 때쯤 지친 말들은 마당으로 들어선다. 넬리는 낯익은 대문과 두레박이 매달린 우물을, 그리고 길게 늘어선 마구간과 헛간들을 본다……. 마침내 집에 온 것이다.

"기다리세요, 곧 올 테니……."

그녀는 스테판 루키치를 식당에 있는 소파에 앉히며 말한다.

"몸을 녹이고 계세요, 저는 그이가 어떻게 됐는지 보고 올게요."

몇 분 뒤 남편을 보고 돌아온 넬리는 의사가 누워 있는 것을 발견한다. 그는 소파 위에 누워서 뭐라고 중얼거리고 있었다.

"의사 선생님…… 선생님, 제발!"

"응? 돔나를 불러요……."

스테판 루키치는 그렇게 중얼거린다.

"뭐라고요?"

"회의에서 사람들이 얘기했어……. 블라소프가 말했지…… 누구? 뭐라고?"

넬리는 경악한다. 의사도 남편과 똑같이 헛소리를 하고 있는 것이다. 이제 어떻게 하지?

"젬스트보의 의사에게 가는 거야!"

하고 그녀는 결심한다.

그다음에는 다시 칠흑 같은 어둠과 살을 에는 찬바람과 얼어붙은 구릉들이 이어진다. 몸도 마음도 고통스럽다. 기만적인 자연조차도 이 고통을 누그러뜨릴 수 있는 그 어떤 수단이나 기만을 갖고 있지 않다…….

계속해서 그녀는 잿빛 배경 위에 떠오르는 장면을 본다. 그녀의 남편은 매년 봄마다 영지를 저당 잡힌 은행에 이자를 지불하기 위해서 돈을 구하러 다니고 있다. 차압을 피하기 위해 남편과 그녀는 잠도 자지 못하고 머리가 깨지도록 고민을 거듭한다.

그녀는 아이들을 본다. 이번에는 독감, 성홍열, 디프테리아 그리고 낙제와 이별에 대한 끊이지 않는 공포가 이어진다. 대여섯 명의 귀염둥이들 가운데서 아마도 하나가 죽을 것이다.

잿빛 배경은 죽음으로부터 자유롭지 못하다. 그것도 이해가 가는 일이다. 남편과 아내는 한날한시에 죽을 수 없다. 둘 중 하나는 어쩔 수 없이 다른 한 사람을 보내고 나서도 살아가야 한다. 그리하여 넬리는 남편이 죽어 가는 것을 본다. 그것은 이제까지의 모든 일들 중에서도 가장 끔찍한 불행으로 비쳤다. 그녀는 관과 양초들과 교회 일꾼을, 심지어 장의사가 무덤 속에 남겨 놓은 발자국을 본다.

"왜 이래야 되지? 무엇 때문에?"

그녀는 죽은 남편의 얼굴을 멍하니 쳐다보며 묻는다.

그러자 남편과 지냈던 이전의 모든 생활은 단지 이 죽음에 대한 어리석고 불필요한 서문(序文)에 불과하다는 생각이 든다.

넬리의 손에서 무언가 미끄러지더니 바닥에 쿵 하고 떨어진다. 그녀는 흠칫 놀라며 눈을 휘둥그레 뜬다. 그녀는 거울 하나가 발밑에 있고 또 하나는 이전처럼 테이블 위에 놓여 있는 것을 본다. 그녀는 거울 속에서 눈물로 얼룩진 창백한 얼굴을 본다. 잿빛 배경은 간데없이 사라졌다.

"내가 잠이 들었었나 보지……."

그녀는 안도의 한숨을 쉬며 그렇게 생각한다.

(1885)

내기

1

캄캄한 가을밤이었다. 늙은 은행가는 사무실 이 구석에서 저 구석으로 오락가락하며 십오 년 전 가을에 열렸던 파티를 회상하고 있었다. 손님 중에는 똑똑한 사람들이 많아서 흥미로운 화제들이 거론되었다. 그 가운데는 사형에 관한 이야기도 있었다. 학자와 기자들이 적잖이 포함된 손님들 대다수는 사형에 대해 부정적인 태도를 보였다. 그들은 이 형벌이 기독교 국가에서는 낡고 무익할 뿐만 아니라 비윤리적인 제도라고 판단했다. 그들 중 몇몇의 의견으로는 사형 제도를 종신형으로 대체하는 것이 여러모로 바람직하다는 것이었다.

"나는 여러분에게 동의할 수 없습니다."

파티의 주최자인 은행가는 말했다.

"나는 사형도, 종신형도 겪어 보진 못했지만 만약에 '선험

적'인 판단이 용납된다면 그래요, 내 생각으로는 사형이 종신형보다 더 윤리적이고 인간적이라고 봅니다. 사형은 단번에 죽이지만 종신형은 천천히 죽이는 것이죠. 어떤 형리(刑吏)가 더 인간적일까요? 몇 분 만에 당신을 죽이는 쪽일까요, 아니면 오랜 세월을 질질 끌면서 당신의 생명을 앗아 가는 쪽일까요?"

"어느 쪽이 됐든 간에 비윤리적인 것은 마찬가지입니다."

손님들 중의 누군가가 말했다.

"왜냐하면 두 쪽 다 똑같은 목적, 즉 생명의 박탈이라는 목적을 갖는 것이니까요. 국가는 신이 아닙니다. 돌려받고 싶어도 돌려받을 수 없는 생명을 국가가 빼앗을 권리는 없습니다."

손님들 가운데는 스물다섯 살쯤 된 젊은 변호사 한 명이 자리하고 있었다. 사람들이 그의 의견을 묻자 그는 이렇게 말했다.

"사형이든 종신형이든 매한가지로 비윤리적입니다만 그래도 누가 나에게 사형과 종신형 중에서 하나를 선택하라고 한다면, 뭐 저야 물론 후자를 택하겠습니다. 어찌 됐든 사는 게 아예 없어지는 것보다야 나을 테니까요."

열띤 논쟁이 벌어졌다. 그때만 해도 젊었고 그래서 예민했던 은행가는 갑자기 평정을 잃고 주먹으로 책상을 쾅 치며 젊은 변호사를 향해 소리쳤다.

"그렇지 않아요! 당신이 독방에 오 년 동안 들어가 있을 수 있다면 200만 루블을 걸겠소."

"그게 만약 진담이라면……."

하고 변호사가 그에게 대답했다.

"오 년이 아니라 십오 년을 조건으로 내기에 응하겠소."

"십오 년? 그러지!"

은행가는 소리쳤다.

"여러분, 내가 200만 루블을 걸겠습니다!"

"좋습니다! 당신은 200만 루블을 거세요, 나는 내 자유를 걸겠습니다!"

변호사가 말했다.

그리하여 이 지독하고 황당한 내기가 이루어진 것이다! 스스로도 계산이 안 될 정도로 돈이 많았던 탓에 건방지고 경솔했던 당시의 은행가는 이 내기에 꽤나 흥분했다. 저녁 식탁에서 그는 변호사에게 농담 삼아 말했다.

"젊은이, 아직 늦지 않았으니 정신을 차리시오. 나야 200만 루블이 아무것도 아니지만 당신은 인생의 황금기를 삼사 년 잃게 되는 것 아닙니까. 삼사 년이라고 말한 이유는 당신이 그 이상 버티지 못할 것이기 때문이에요. 운 나쁜 젊은이, 또한 잊지 말아야 할 것은 스스로 택한 감금은 강제적인 감금보다 훨씬 더 힘들다는 점이오. 매 순간 당신이 독방에서 자유롭게 나갈 권리를 갖고 있다는 생각이 당신의 존재 전체에 독을 퍼뜨릴 겁니다. 난 당신이 불쌍해요!"

그리고 지금 은행가는 방을 이리저리 오가며 이 모든 것을 돌이켜 보고는 스스로에게 물었다.

"무엇 때문에 이런 내기를 했을까? 변호사가 인생의 십오 년을 잃고 내가 200만 루블을 얻는 것이 어디에 쓸모가 있는 일인가? 그것으로 사형이 종신형보다 낫거나 나쁘다는 것을 사람들에게 증명할 수 있을까? 아니야, 아니야. 정신 나간 짓이야. 나로 말하면 권태에 지친 인간의 변덕이었고 그 변호사로 말하면 순전히 돈에 대한 갈망이었을 뿐이지……."

그는 계속해서 그날 저녁 이후에 있었던 일을 떠올렸다. 변호사는 은행가의 집 정원에 지어진 바깥채 중 하나에서 엄중한 감시 속에 감금되도록 결정됐다. 또한 그에게는 십오 년 동안 바깥채의 문턱을 넘을 권리, 살아 있는 사람들을 보거나 목소리를 들을 권리, 그리고 편지나 신문을 받아볼 권리를 박탈한다는 조건이 붙었다. 악기를 지니고 있거나 책을 읽고 편지를 쓰는 일, 그리고 술을 마시고 담배를 피우는 것은 허용되었다. 조건에 따르면, 그가 외부 세계와 가질 수 있는 유일한 접촉은 이 내기를 위해서 특별히 만들어진 작은 창문을 통하여, 그것도 말없이 이루어지도록 되어 있었다. 책이든, 악보든, 술이든 그가 필요로 하는 모든 것들은 메모지에 쓰기만 하면 무한정 공급받을 수 있지만 반드시 창문을 통해야만 했다. 계약서는 완벽한 독방 감금이 되게끔 구석구석까지 면밀하게 검토되었으며, 이에 따라 변호사는 정확히 1870년 11월 14일 12시부터 시작하여 1885년 11월 14일 12시까지 감금되도록 되어 있었다. 변호사 쪽에서 조금이라도 조건을 위반할 경우에는, 설령 기한을 마치기 이 분 전이라 할지라도 은행가는 그에게 200만 루블을 지불할 의무로부터 벗어날 수 있었다.

감금되던 첫해에 변호사는 (그의 짤막한 메모들로 미루어 짐작한다면) 고독과 무료함 때문에 심하게 괴로워했다. 그가 사는 바깥채에서는 낮이고 밤이고 계속해서 피아노 소리가 들려왔다. 그는 술과 담배를 사절했다. 그가 메모지에 적은 바에 따르면 술은 욕망을 부추기는 것이며, 그 욕망이란 수인(囚人)의 첫 번째 적이라는 것이었다. 게다가 상대도 없이 좋은 술을 마시는 것처럼 따분한 일은 없다는 것이었다. 또한 담배는 방 안의 공기를 탁하게 만든다는 얘기도 있었다. 첫해에 변호사가 받아 본 책들은, 복잡한 삼각관계로 이루어진 애정 소설이나 탐정 소설, 공상 과학 소설, 코미디물 따위의 지극히 가벼운 내용들이었다.

두 번째 되던 해에 바깥채의 음악 소리는 이미 잠잠해졌으며 변호사는 메모지에 단지 고전 서적들이 필요하다는 요구 사항을 적어 낼 뿐이었다. 오 년째 되던 해에는 다시 음악 소리가 들리더니 수인(囚人)은 술을 부탁했다. 창문을 통해 그를 관찰한 사람들 말로는 그가 그해 내내 오로지 먹고 마시고 침대 위에 누워 있었으며 자주 하품을 하고 신경질적으로 혼잣말을 하더라는 것이었다. 책은 읽지 않았다고 한다. 이따금 밤이면 앉아서 글을 쓰다가 날을 지새고, 아침에는 썼던 것을 전부 갈가리 찢어 버렸다고 했다. 그가 우는 소리도 여러 번 들렸다고 했다.

육 년 반이 되었을 때, 수인은 외국어와 철학과 역사를 열심히 공부하기 시작했다. 그가 이런 학문들에 너무도 탐욕스럽게 몰입했기 때문에 은행가는 책을 대주기가 벅찰 정도였다. 사 년 동안 그의 요구에 따라 주문한 책이 600여 권에 달했다. 그 몰입의 기간 동안 은행가는 자신의 수인으로부터 이런 편지를 받았다.

친애하는 나의 간수님! 당신에게 이 문장들을 여섯 개의 언어로 쓰겠습니다. 이것을 전문가들에게 보여 주고 읽어 보라고 하세요. 만약에 그들이 틀린 곳을 한 군데도 찾아내지 못할 경우에는 간청하건대 사람을 시켜 정원에서 총을 한 발 쏘도록 해 주세요. 그 총소리는 나의 노력이 헛수고가 아니었음을 나에게 확인시켜 줄 것입니다. 온 세상의 천재들이 수천 년에 걸쳐서 다양한 언어로 진리를 말했지만 그 말들 속에는 오로지 하나의 불꽃이 타오르고 있는 것입니다. 오, 내가 이들을 이해할 수 있음으로써 내 영혼이 누리는 천상의 행복을 당신이 알기나 할까요!

수인의 요구는 이루어졌다. 은행가는 정원에서 총을 두 번 발포하라고 지시했다.

그러고 나서 십 년째 되는 해가 지났을 때, 변호사는 책상 앞에 꼼짝 않고 앉아서 오직 복음서만을 읽고 있었다. 은행가는 이상하게 여겼다. 사 년 만에 600여 권의 심오한 서적을 섭렵한 사람이 두껍지도 않고 알기도 쉬운 책 한 권을 읽는 데 일 년을 허비한 것이다. 복음서의 뒤를 이은 책은 종교사와 신학 서적들이었다.

유폐되고 나서 마지막 이 년 동안 수인은 종류를 가리지 않고 엄청나게 많은 책들을 읽었다. 자연 과학을 공부하는가 하면 한편으로는 바이런과 셰익스피어를 요구했다. 종종 그로부터 화학, 의학 교과서, 장편 소설, 철학이나 신학 논문 따위를 동시에 보내 달라고 부탁하는 메모가 오기도 했다. 그의 독서열은, 바다 위에 널린 난파선의 잔해들 속에서 헤엄치면서 자신의 목숨을 건지기 위해 아무것에나 무턱대고 매달리는 한 인간을 연상시켰다!

2

노은행가는 이 모든 것을 회상하며 생각했다.

"내일 12시에 그는 자유를 얻을 것이다. 약속한 대로 나는 그에게 200만 루블을 지불해야 한다. 그러나 내가 돈을 주면 모든 게 끝난다. 나는 여지없이 파산할 것이다……."

십오 년 전만 해도 그에게는 계산이 안 될 만큼 많은 돈이 있었지만 지금은 스스로에게 묻기가 두려웠다. 자신의 돈과 빚 중에 어느 쪽이 더 많을까? 아슬아슬한 주식 놀음, 도박과 다름없는 투기에 대한 열정은 나이가 들어서도 버릴 수 없었고 그로 인해 그의 사업은 조금씩 기울었다. 그리하여 대담하고 자신만만한 갑부는 이자율이 조금이라도 오르락내리락할 때마다 부들부들 떠는 이류 은행가로 전락하고 말았다.

"망할 놈의 내기야!"

노인은 두 손으로 머리를 감싸며 절망적으로 중얼거렸다.

"이 인간은 왜 죽지 않았을까? 이자는 아직 마흔 살밖에 안 됐어. 이자는 나의 마지막 재산을 가져가서 결혼도 하고 주식 투자도 하면서 인생을 즐기겠지. 그런데 나는 거지처럼 선망에 찬 눈으로 그를 바라보며 그가 날마다 되풀이하는 말을 듣게 될 거야. '나는 당신에게 내 인생의 행복을 빚졌습니다. 그러니 당신을 도와주게 해 주세요!' 아니야, 이건 너무해! 부도와 파산을 면할 수 있는 유일한 길은 이 인간이 죽어 주는 것뿐이야!"

시계종이 3시를 알렸다. 은행가는 귀를 기울였다. 집안 식구들은 모두 잠들었고 창문 너머에서 나무들이 추위에 몸을 웅크리며 사각거리는 소리만이 들릴 뿐이었다. 소리를 내지 않도록 주의하면서 그는 십오 년 동안 한 번도 열린 적이 없었던 문의 열쇠를 내화(耐火) 금고[1]에서 꺼냈다. 그리고 그는 외투를 입고 집을 나섰다.

정원은 어둡고 추웠다. 비가 내리고 있었다. 매섭고 습기 찬 바람이 괴성과 함께 정원을 온통 휩쓸고 다니면서 나무들을 괴롭히고 있었다. 은행가는 눈을 부릅떴지만 땅이고 하얀 석상이고 바깥채고 나무들이고 간에 분간이 되지 않았다. 바깥채가 있는 지점까지 다가온 그는 경비원을 큰 소리로 두 번 불렀다. 대답이 없었다. 경비원은 악천후를 피해 부엌이나 온실에서 자고 있는 것이 분명했다.

"내게 만약 내 자신의 목적을 수행할 만한 용기가 충분히 있다면……."

노인은 생각했다.

---

1) 속의 물건이 불에 타지 않도록 내화 장치를 한 금고.

"누구보다도 경비원이 의심을 받게 될 거야."

그는 어둠 속에서 계단과 문을 더듬더듬 찾아내고는 바깥채의 현관으로 들어갔다. 그리고 손으로 더듬어 가며 좁은 복도 안으로 살그머니 들어가 성냥을 켰다. 거기에는 아무도 없었다. 누군가의 침대가 시트도 씌워지지 않은 채로 놓여 있었으며 구석에는 철제 난로가 희끄무레하게 보였다. 수인의 방으로 통하는 문에 붙여진 봉인은 멀쩡한 상태 그대로였다.

성냥불이 꺼지자 노인은 흥분에 몸을 떨며 작은 창문을 통해 안을 들여다보았다.

방 안에는 촛불이 어슴푸레하게 타고 있었다. 수인은 책상 앞에 앉아 있었다. 그의 등과 머리카락과 팔이 겨우 보일 뿐이었다. 펼쳐진 책들이 두 개의 안락의자와 카펫 그리고 책상 위에 놓여 있었다.

오 분이 지났지만 수인은 몸 한번 뒤척이지 않았다. 십오 년간의 감금 생활은 그에게 꼼짝도 하지 않고 앉아 있는 법을 가르쳐 준 것이다. 은행가는 손가락으로 창문을 똑똑 두드렸지만 수인은 미동도 하지 않았다. 은행가는 조심스럽게 문에서 봉인을 뜯어내고 자물쇠 구멍에 열쇠를 집어넣었다. 녹이 슨 자물쇠는 목쉰 소리를 냈고 문은 삐걱거렸다. 은행가는 당장 깜짝 놀라 내지르는 비명과 주춤거리는 발소리를 듣게 되리라고 기대했지만 삼 분이 지났는데도 문 저편에서는 이전처럼 아무 소리도 나지 않았다. 그는 방 안으로 들어가기로 작정했다.

책상 앞에는 여느 인간과는 다른 한 남자가 꼼짝 않고 앉아 있었다. 그것은 살가죽을 입혀 놓고 여자처럼 치렁치렁한 곱슬머리와 더부룩한 턱수염을 달아 놓은 해골이었다. 얼굴색은 흙빛을 닮아서 누르스레했고, 양볼은 움푹 꺼져 있었으며, 등은 길고 가늘었다. 치렁치렁한 머리카락이 달린 머리를 받치고 있는 팔은 어찌나 가냘프고 앙상한지 보기가 역겨울 지경이었다. 그의 머리카락 사이에는 벌써 새치가 드문드문 보였다. 노인처럼 쇠락한 얼굴을 본다면 누구라도 그가 마흔 살밖에 안 됐다는 사실을 믿을 수 없을 터였다. 그는 자고 있었다……. 비스듬하게 숙인 그의 머리 앞의 책상 위에는 종이 한 장이 놓여 있었고 거기에 자잘한 글씨로 무언가 쓰여 있었다.

'불쌍한 인간!'

하고 은행가는 생각했다.

'자고 있구나. 아마도 꿈속에서 100만 루블을 보고 있겠지! 나는 그저 이 산송장을 들어서 침대에 던져 놓고 베개로 가볍게 덮어서 누르면 되는 거야. 천하의 전문가라도 피살의 흔적을 찾아내지는 못할걸. 하지만 우선 이자가 여기다 뭐라고 썼나 읽어 볼까.'

은행가는 책상에서 종이를 집어들고 읽어 내려갔다.

내일 12시에 나는 자유를 얻고 사람들과 교류할 권리를 갖게 된다. 그러나 이 방을 떠나 태양을 보기에 앞서 나는 그대들에게 몇 마디 해 줄 필요를 느낀다. 순수한 양심에 따라, 그리고 나를 바라보는 신 앞에 맹세코, 나는 자유와 생명과 건강을, 그리고 그대들의 책 속에서 지상의 축복이라고 불리는 모든 것들을 경멸한다고 그대들에게 단언하는 바이다.

십오 년 동안 나는 속세의 삶을 면밀하게 연구했다. 내가 땅도 사람들도 못 본 것은 사실이다. 하지만 나는 그대들의 책 속에서 향기로운 술을 마셨으며, 노래도 불렀고, 사슴이며 멧돼지를 좇아 숲으로 달려 들어가기도 했으며 여인을 사랑하기도 했다……. 천재 시인들의 마법으로 창조된, 구름처럼 하늘거리는 미녀들이 밤마다 나를 찾아와서 신비로운 이야기들을 속삭여 주었고 나의 머릿속은 그 이야기들로 흠뻑 취하곤 했다. 그대들의 책 속에서 나는 엘브루스와 몽블랑의 정상에 올랐으며 거기서 아침마다 태양이 떠오르고 저녁이면 그 태양이 하늘과 대양과 산맥의 정상을 발그레한 황금색으로 물들이는 것을 보았다. 나는 거기서 내 머리 위로 구름을 가르며 번뜩이는 번개를 보았다. 나는 초록빛 숲과 초원을, 강과 호수와 도시들을 보았으며, 세이렌의 노래와 목동들의 피리 소리를 들었고, 나에게로 날아온 아름다운 악마들과 신에 관한 대화를 나누며 그들의 날개를 만져 보기도 했다……. 그대들의 책 속에서 나는 바닥 모를 심연에 몸을 던지기도 했으며, 기적을 창조하고, 살인을 하고, 도시를 불태우고, 새로운 종교를 설파하고, 완전한 왕국을 정복하기도 했다…….

그대들의 책은 나에게 지혜를 가져다주었다. 지칠 줄 모르는 인간의 사고 능력으로 몇 세기에 걸쳐 이룩해 낸 모든 것들이 나의 두개골 속에서 작은 언덕으로 쌓였다. 내가 그대들 누구보다도 현명하다는 것을 나는 안다.

또한 나는 그대들의 모든 책을 경멸한다. 이 세상의 모든 행복과 지혜를 경멸한다. 그 모두가 시시하고 무상하며, 신기루처럼 공허하고 기만적인 것이다. 그대들이 아무리 오만하고 현명하고 아름답다고 해도, 죽음은 그대들을 마루 밑의 쥐새끼들처럼 지상에서 쓸어 버릴 것이다. 그리고 그대들의 자손과 역사, 천재들의 불멸의 업적들은 꽁꽁 얼어붙어 버리거나 아니면 지구와 함께 불타 없어질 것이다.

그대들은 분별을 잃고 잘못된 길을 걷고 있다. 그대들은 거짓을 진실로 받아들이고 추악한 것을 미(美)로 받아들이고 있다. 만약에 사과나무나 오렌지 나무에 무슨 일이 생겨서 열매 대신에 개구리나 도마뱀이 열리게 된다면, 혹은 장미꽃이 말의 땀 냄새를 풍기게 된다면, 그대들은 놀라지 않을 수 없을 것이다. 마찬가지로 나는 하늘을 땅으로 바꾸어 버린 그대들에게 놀라지 않을 수 없다. 나는 그대들을 이해하고 싶지 않다.

나는 그대들의 삶의 방식에 대한 경멸을 표현하기 위해, 내가 한때 천국을 꿈꾸듯 갈망했으나 이제는 하찮게 보이는 200만 루블을 거부하겠다. 그 돈에 대한 자신의 권리를 스스로 박탈하기 위해 나는 약속한 기한이 다 되기 다섯 시간 전에 여기에서 나갈 것이며 그럼으로써 스스로 계약을 위반하는 바이다…….

이것을 다 읽은 은행가는 책상 위에 종이를 내려놓았다. 그리고 이 기인의 머리에 입 맞춘 뒤에 눈물을 떨구며 바깥채를 나섰다. 그동안 한 번도 느껴 보지 못한 자괴감을, 심지어 주식 투기에서 거액의 돈을 날렸을 때도 느껴 보지 못한 극심한 자기혐오를 그는 느꼈다. 그는 집으로 돌아와서 침대에 누웠지만 흥분과 눈물 때문에 오래도록 잠을 이룰 수가 없었다…….

다음 날 아침 얼굴이 파랗게 질린 경비원이 뛰어와서 그에게 보고했다. 바깥채에 살던 남자가 창문을 통해 빠져나와서 대문을 나서더니 어디론가 사라지는 것을 보았다는 얘기였다. 은행가는 하인들과 함께 당장 바깥채로 가서 자신의 죄수가 탈옥했음을 확인했다. 그는 불필요한 시비가 일어나지 않도록 책상 위에서 포기의 의사를 담은 종이를 집어들고 자기 방으로 가져가서는 내화 금고 속에 집어넣고 문을 잠갔다.

(1888)

티푸스

페테르부르크에서 모스크바로 가는 우편 열차의 흡연석에 클리모프라는 젊은 중위가 타고 있었다. 그의 맞은편에는 선장처럼 머리를 바투 깎은 중년 남자가 앉아 있었는데, 차림새로 미루어 돈깨나 있는 핀란드인이나 스웨덴인으로 보였다. 이 사람은 가는 길 내내 파이프 담배를 빨면서 줄곧 똑같은 이야기를 하고 있었다.

"하, 장교시군요! 내 동생도 장교예요, 해군 장교지만. 크론슈타트에서 해군으로 복무하고 있지요. 그런데 모스크바에는 무슨 일로 가십니까?"

"부대가 거기 있습니다."

"하! 가족은 있으세요?"

"아니요, 숙모랑 누이랑 살고 있습니다."

"내 동생도 장교예요, 해군 장교, 하지만 가족이 있어요. 아내와 세 아이들, 하!"

핀란드인은 뭐가 그렇게 놀라운지 '하!' 하고 소리칠 때마다 바보처럼 입이 찢어져라 웃으며 악취 나는 파이프 연기를 연신 뿜어 댔다. 몸이 좋지도 않은 데다 질문에 대답하느라 지친 클리모프는 이 사람이 죽도록 싫었다. 생각 같아서는 이 핀란드인의 손에서 쉭쉭거리는 파이프를 빼앗아 좌석 밑으로 집어던지고 당사자는 어디 다른 객차로 쫓아 버리고 싶은 심정이었다.

'역겨운 핀란드 놈들…… 그리스 놈들도 마찬가지야.'

그는 생각했다.

'아무짝에도 쓸모없는 역겨운 놈들. 지구 위에서 자리만 차지하고 있지 어디에다 써먹겠어?'

핀란드인과 그리스인에 대한 생각은 그의 온몸에 뭔가 역겨운 느낌을 불러일으켰다. 그는 비교를 해볼 양으로 프랑스인과 이탈리아인에 대해서 생각하려 했지만 어쩐 일인지 이 민족들에 대한 기억은 거리의 악사라든가, 벌거벗은 여인이라든가, 숙모의 옷장 위에 걸린 싸구려 외제 그림들만 떠올리게 만들 뿐이었다.

장교는 자신이 도무지 정상이 아니라는 걸 느꼈다. 좌석이 그를 충실히 떠받쳐 주고 있음에도 불구하고 그의 팔다리는 어쩐지 좌석 위에 놓여 있지 않은 느낌이었다. 입 안은 바짝바짝 마르고 끈적거렸으며 머릿속에는 연기가 뿌옇게 차 있었다. 그의 사고는 머릿속을 벗어난 채 두개골 바깥에서, 밤안개 속에 뒤덮인 좌석들과 사람들 사이를 배회하고 있는 것 같았다. 머릿속의 안개를 통해서 두런거리는 목소리들과 바퀴 구르는 소리, 문이 쾅쾅 닫히는 소리들이 꿈결처럼 들려왔다. 종소리, 차장의 호루라기 소리, 플랫폼에서 승객들이 뛰어다니는 소리들은 평소보다 더욱 자주 들렸다. 모르는 사이에 시간은 빠르게 흘러가고 있었다. 왜냐하면 일 분마다 기차가 역에 정차했고 계속해서 밖으로부터 "우편물 실었어?" "실었어!"라고 외치는 금속성의 목소리들이 들려왔기 때문이다.

화부는 너무 자주 온도계를 살피러 들어오는 것 같았고 마주 오는 기차의 소음과 철교를 지나면서 내는 바퀴의 굉음도 쉴새없이 들려왔다. 소음, 호루라기, 핀란드인, 담배 연기…… 이 모든 것들은 멀쩡한 정신으로는 기억해 낼 수 없는 형태와 특징을 가진 희끄무레한 물체의 위협적인 움직임과 한 덩어리가 되어 클리모프를 참을 수 없는 혼란으로 몰고 갔다. 그는 지독한 고통 속에서 무거운 머리를 들어 등불 속에서 소용돌이치고 있는 검은 그림자와 안개의 얼룩을 바라보았다. 물을 달라고 부탁하고 싶었지만 바짝 마른 혀는 좀처럼 움직이지 않았고 핀란드인의 물음에 대답할 기력도 없었다. 그는 좀 더 편하게 자세를 바꿔 잠을 자고 싶었지만 몸이 말을 듣지 않았다. 핀란드인은 몇 번인가 졸다가 깨어나 담배를 피워 댔고 그때마다 그에게 예의 "하!" 하는 소리로 알은체하고는 다시 잠을 잤다. 중위는 아무리 애를 써도 다리를 좌석 위에 올려놓을 수가 없었으며 위협적인 물체는 여전히 그의 눈앞에 버티고 서 있었다.

스피로프 역에서 그는 물을 마시기 위해 밖으로 나갔다. 사람들이 테이블 앞에 앉아서 황급히 음식을 먹고 있었다.

'어떻게 먹을 생각이 날까!'

그는 구운 고기에서 나는 냄새를 맡지 않으려 애쓰면서 그런 생각을 했다. 음식을 씹어 대는 사람들의 입도 쳐다볼 수가 없었다. 이 모든 것이 그에게는 불쾌하고 구역질 나는 일이었다.

어떤 아름다운 아가씨가 빨간 모자를 쓴 군인과 이야기를 나누다가 미소를 지으며 커다랗고 하얀 이빨을 드러내 보였다. 그 미소도 이빨도 그리고 아가씨 자신까지도 클리모프에게는 닭다리나 튀긴 커틀릿과 마찬가지로 역겨움을 불러일으켰다. 그는 빨간 모자를 쓴 군인이 어떻게 태연히 저 여자 옆에 앉아서 그녀의 미소 짓는 건강한 얼굴을 볼 수가 있는지 이해할 수 없었다.

그가 물을 마시고 객실로 들어왔을 때, 핀란드인은 앉아서 담배를 피우고 있었다. 그의 파이프는 마치 비 오는 날 구멍 뚫린 신발처럼 쉭쉭거리며 흐느끼고 있었다.

"하!"

그는 놀라며 말했다.

"여기가 무슨 역이죠?"

"모르겠습니다."

클리모프는 그렇게 대답하고서 독한 담배 연기를 마시지 않으려고 입을 다물며 자리에 누웠다.

"트베리 역에는 언제 도착하죠?"

"모르겠어요. 죄송하지만, 저는…… 저는 대답할 수가 없어요. 오늘 독감에 걸려서 아프거든요."

핀란드인은 창틀에 대고 파이프를 톡톡 털더니 해군인 자신의 동생 얘기를 시작했다. 클리모프는 이제 더 이상 그의 이야기를 듣지 않았다. 그는 푹신하고 편한 자신의 침대와 찬물이 담긴 유리병, 그리고 그를 부드럽게 토닥거리며 잠도 재워주고 물도 가져다주던 누이동생 카차를 그리움 속에서 떠올렸다. 거기다가 주인의 무겁고 답답한 장화를 벗겨 주고 탁자에 물을 올려놓아 주던 하인 파벨의 모습이 머릿속에 떠오르자 심지어 그는 미소까지 지었다. 자신의 침대에 누워서 물을 마시기만 하면 이 고통은 당장 깊고 달콤한 잠에게 자리를 양보할 것 같았다.

"우편물 실었나?"

멀리서 희미한 목소리가 들려왔다.

"실었어!"

바로 창가에서 대답 소리가 들렸다.

그곳은 스피로프로부터 벌써 두 번째 아니면 세 번째로 정차한 역이었다.

시간은 껑충대며 날아갈 듯 빠르게 흘러갔다. 종소리와 호루라기 소리와 역에 정차하는 일이 끝없이 계속될 것 같았다. 클리모프는 절망 속에서 좌석 구석빼기에 얼굴을 처박고 손으로 머리를 감아쥐며 또다시 누이동생 카차와 하인 파벨에 대해 생각하기 시작했다. 그러나 누이와 하인의 모습은 희끄무레한 형체와 뒤섞여서 빙글빙글 돌더니 사라져 버렸다. 좌석 등받이에서 반사된 뜨거운 숨은 그의 얼굴을 달구었고 다리는 제자리에 놓여 있지 않았으며 창문 틈으로 불어 들어오는 바람 때문에 등이 시렸다. 하지만 그렇게 괴로운데도 더 이상 자세를 바꾸고 싶은 생각이 들진 않았다. 무거운, 악몽 같은 게으름이 조금씩 그를 사로잡아 사지를 마비시켰다.

그가 머리를 들려고 마음먹었을 때, 객차 안은 벌써 밝아져 있었다. 승객들은 털외투를 걸쳐 입고 움직이고 있었다. 기차는 멈춰 섰다. 하얀 앞치마를 두르고 번호표를 단 짐꾼들이 승객들 주변에서 분주히 오가며 짐을 집어 들었다. 클리모프는 외투를 입고 기계적으로 다른 사람들을 뒤따라 객차를 나섰다. 자신이 아니라 누군가 다른 제3의 인간이 걸어가는 느낌이었다. 그는 자신과 함께 고열과 갈증 그리고 밤새 잠을 방해하던 그 위협적인 물체 또한 객차 밖으로 나가고 있다고 생각했다. 그는 기계적으로 가방을 건네받고 짐마차를 불렀다. 마부는 포바르스카야 거리까지 가는 데 1루블 25코페이카를 요구했지만 그는 값을 깎지도 않고 군말 없이 온순하게 눈썰매 위에 올라앉았다. 금액의 차이를 모를 정도는 아니었지만 그에게 돈은 이미 어떤 가치도 없었던 것이다.

집에 도착하자 숙모와 열여덟 살의 누이동생 카차가 그를 맞이했다. 인사를 나누다가 카차가 손에 공책과 연필을 들고 있는 것을 본 그는 그녀가 교사 자격 시험을 준비하고 있었다는 것을 기억해 냈다. 그들의 질문과 안부 인사에 대답하지도 않은 채 오로지 지독한 열기에 헐떡이며 어디로 가는 줄도 모르고 모든 방들을 지나쳐 간 그는 자신의 침대에 이르자 베개

위에 털썩 쓰러졌다. 핀란드인, 빨간 모자, 하얀 이빨의 여인, 구운 고기의 냄새, 깜박거리는 얼룩이 그의 의식을 차지하고 있었고 그는 이미 자신이 어디에 있는지도 몰랐으며, 놀라서 소리치는 목소리들도 듣지 못했다.

정신이 들었을 때 그는 옷이 벗겨진 채 침대 위에 누워 있음을 알았다. 물이 든 유리병과 파벨이 보였지만 이 사실은 그를 시원하게 하지도, 안심시키거나 편안하게 하지도 않았다. 사지는 이전처럼 제자리를 떠나 있었고 혀는 입천장에 달라붙어 있었으며 핀란드인의 파이프가 쉭쉭거리는 소리도 여전히 들렸다. 침대 옆에서는 검은 턱수염의 풍채 좋은 의사가 자신의 넓적한 등으로 파벨을 밀어붙이면서 수선을 떨고 있었다.

"괜찮아요, 괜찮아, 총각!"

그는 그렇게 중얼거리고 있었다.

"좋습니다, 좋아요…… 거렇지, 거렇지……."

의사는 클리모프를 '총각'이라고 부르며 '그렇지' 대신에 '거렇지'라고, '그럼' 대신에 '거럼'이라고 말했다.

"거럼, 거럼, 거럼."

하고 그가 웅얼거렸다.

"거렇지, 거렇지…… 좋아요, 총각…… 기운을 놓으면 안 돼!"

빠르고 무성의한 의사의 말투, 그의 기름진 얼굴과 사람 좋은 척하는 '총각'이라는 표현은 클리모프의 성질을 돋우었다.

"왜 나를 총각이라고 부릅니까?"

그는 신음하듯 내뱉었다.

"왜 친한 척해요? 젠장!"

그러면서 그는 자신의 목소리에 놀랐다. 그 목소리는 스스로도 알아듣기 힘들 만큼 마르고 약하고 떨렸던 것이다.

"좋습니다, 좋아요."

의사는 전혀 기분 나빠하지 않으면서 그렇게 중얼거렸다.

"화내면 안 되죠…… 거럼, 거럼, 거럼……."

열차에서처럼 집에서도 시간은 놀랄 만큼 빨리 흘러갔다. 침실에 비치는 대낮의 빛은 한밤의 암흑으로 끊임없이 바뀌었다. 의사는 침대 곁을 줄곧 떠나지 않는 것처럼 보였고 일 분마다 그의 '거럼, 거럼, 거럼.'이라는 소리가 들렸다. 침실에는 사람들의 행렬이 끊이지 않았다. 이 방에는 파벨, 핀란드인, 야로쉐비치 대위, 막시멘코 상사, 빨간 모자, 하얀 이빨의 아가씨, 의사가 있었으며 이들 모두는 떠들고, 손을 흔들고, 담배를 피우고, 음식을 먹고 있었다. 심지어 한번은 대낮에 종군사제인 알렉산드르 신부를 본 적도 있었다. 그는 어깨에 띠를 걸치고 손에는 교회 의례서를 들고 클리모프가 예전에는 보지 못했던 심각한 표정으로 침대 앞에서 무언가를 중얼거리고 있었다. 중위는 알렉산드르 신부가 카톨릭 신자인 장교들을 농담 삼아 '폴란드 촌놈들'이라고 부르던 기억이 나서 그를 웃겨볼 양으로 소리쳤다.

"신부님, 폴란드 촌놈 야로쉐비치가 숲으로 도망갔어요!"

그러나 그 웃기 잘하는 유쾌한 사람 알렉산드르 신부가 웃지도 않고 도리어 아까보다 더 심각한 얼굴로 클리모프에게 성호를 긋는 것이었다. 밤중에 소리 없이 차례차례로 두 개의 그림자가 들어왔다 나갔다. 그것은 숙모와 누이였다. 누이의 그림자는 무릎을 꿇고 기도를 했다. 그녀가 성상(聖象) 앞에 무릎을 꿇자 벽 위의 잿빛 그림자도 무릎을 꿇었으니 두 개의 그림자가 신에게 기도를 올린 셈이었다. 계속해서 구운 고기와 핀란드인의 파이프 담배 냄새가 나는가 하면, 한번은 독한 향 냄새가 풍겨 왔다. 그는 구역질이 나서 몸을 움추리며 소리치기 시작했다.

"향! 향을 치워!"

대답이 없었다. 단지 어딘가에서 사제들이 나지막한 소리로 독경을 하는 소리와 누군가가 계단을 뛰어가는 소리가 들릴 뿐이었다.

클리모프가 혼수 상태에서 깨어났을 때, 침실에는 아무도 없었다. 열린 창문 커튼 사이로 햇빛이 들어와 칼날처럼 날카롭고도 우아한 빛줄기가 물병 위에서 춤추듯 흔들리고 있었다. 바퀴 구르는 소리가 들리는 걸 보니 거리의 눈은 이미 녹은 모양이었다. 햇살과 낯익은 가구들과 문을 보고 중위가 맨 처음 한 일은 웃음을 터뜨리는 것이었다. 그의 가슴과 배는 달콤하고 행복한, 간지럼 태우는 듯한 웃음으로 떨려 왔다. 아마도 최초의 인간이 창조되어 처음으로 세상을 보았을 때 느꼈음직한 끝없는 행복감과 생명의 환희가 그의 온 존재를, 머리끝부터 발끝까지 충만하게 채웠다. 클리모프는 몸을 움직이고 사람들과 이야기하고 싶어서 애가 탔다. 그의 몸은 꼼짝없이 납작하게 눕혀 있었으며 움직일 수 있는 부위라고는 손밖에 없었지만 그는 이것도 눈치채지 못한 채, 온통 사소한 일에 주의를 집중하고 있었다. 그는 자신의 호흡과 웃음소리에 기뻐했으며 물병과 천장과 햇살과 커튼에 달린 끈에도 기뻐했다. 신의 세상은 이런 침실 같은 구석진 곳에서도 아름답고 다채롭고 위대하다고 그는 생각했다. 의사가 나타났을 때, 중위는 의학이야말로 얼마나 훌륭한 일이며 의사는 또한 얼마나 친절하고 멋진 분인가, 그리고 사람들 모두가 얼마나 착하고 흥미로운 존재들인가 하고 생각했다.

"거럼, 거럼, 거럼……."

의사가 웅얼거리며 말했다.

"좋아요, 좋습니다. 이제는 다 나았어…… 거렇지, 거렇지."

중위는 그 말을 들으며 즐겁게 웃었다. 핀란드인과 하얀 이빨의 아가씨와 닭다리가 생각나면서 문득 담배를 피우고 싶고 뭔가 먹고 싶어졌다.

"의사 선생님."

그는 말했다.

"저에게 소금을 친 호밀빵 좀 가져다 달라고 해 주시겠습니까, 그리고 또…… 정어리도요."

의사는 허락하지 않았고 파벨은 그의 지시를 들으려 하지도, 빵을 가지러 가지도 않았다. 중위는 그걸 참을 수가 없어서 버릇없는 아이처럼 눈물을 터뜨렸다.

"울보로구나!"

의사는 웃음을 터뜨리며 말했다.

"엄마, 앙앙!"

클리모프도 덩달아 웃었다. 그리고 의사가 나가자 깊은 잠에 빠졌다. 그는 조금 전에 느꼈던 것과 같은 기쁨과 행복감을 느끼며 잠에서 깼다. 침대 옆에 숙모가 앉아 있었다.

"아, 숙모!"

그는 반색했다.

"나에게 무슨 일이 있었던 거죠?"

"발진 티푸스야."

"그랬구나. 어쨌든 지금은 괜찮아요, 아주 좋아요! 카차는 어디에 있죠?"

"집에 없어. 아마 시험을 보고 오다가 어디 들렀나 보다."

노파는 그렇게 말하더니 뜨개질하고 있던 양말에 고개를 숙였다. 그녀는 입술을 떨다가 갑자기 얼굴을 돌리며 흐느끼기 시작했다. 상심한 나머지 의사의 주의를 잊어버린 그녀는 그만 말하고 말았다.

"오, 카차, 카차! 우리 천사가 갔어! 갔어!"

그녀는 양말을 놓쳐서 떨어뜨리고 그 위에 몸을 숙였다. 그러는 통에 머리에 썼던 실내모가 벗겨져 내렸다. 클리모프는 그녀의 백발을 보며 아무것도 이해하지 못한 채 그저 카차가 너무나 걱정되어 물었다.

"그 아이가 어디 있어요? 숙모!"

이미 클리모프를 생각할 경황을 잃은 노파는 오로지 자신의 슬픔에 빠져서 말했다.

"너에게서 티푸스가 전염됐어. 그래서…… 그래서 죽었단다. 장례를 치른 지 사흘째야."

이 무시무시한 뜻밖의 소식은 클리모프의 의식 속으로 온

전하게 전달되었지만 그것이 아무리 무섭고 강력한 것일지라도 회복기의 중위를 가득 채우고 있는 동물적인 기쁨을 이기지는 못했다. 그는 울며 웃었고, 이내 먹을 것을 주지 않는다고 투정하기 시작했다.

일주일이나 지나서 겨우 잠옷 차림으로 파벨의 부축을 받으며 창가에 다가간 그는 음울한 봄날의 하늘을 바라보며 근처에서 낡은 전차 레일이 쿵쿵거리는 소리를 듣고 있었다. 심장이 고통으로 찌그러지는 듯했다. 그는 눈물을 흘리며 창틀에 이마를 기댔다.

"난 왜 이리 불행한가!"

그는 중얼거렸다.

"하느님, 나는 왜 이리도 불행합니까!"

그리하여 그의 기쁨은 일상의 권태와 돌이킬 수 없는 상실감에 자리를 비켜 주었다.

(1887)

주교

1

'성지(聖枝) 주일'[1]의 전날 스타로페트롭스키 수도원에서는 저녁 미사가 거행되고 있었다. 종려나무 가지를 나누어 주기 시작할 무렵에는 벌써 10시가 가까웠고 심지가 다 타들어가서 촛불은 가물거렸다. 모든 것이 마치 안개 속처럼 희미했다. 성당의 어둠 속에서 군중은 마치 파도처럼 출렁거리고 있었고, 벌써 사흘째 몸이 불편한 표트르 주교 예하(猊下)에게는 사람들의 얼굴이 늙었건, 젊었건, 남자이건, 여자이건 상관없이 모두 비슷비슷해 보였다. 종려나무 가지를 얻으러 온 사람들은 모두가 한결같은 눈빛을 하고 있었다. 안개 속에서 문은

---

1) 부활절 전 주의 일요일을 가리킨다. 예수가 예루살렘에 들어갈 때 군중이 종려나무 가지를 흔들며 환영한 데서 생긴 말이다.

보이지 않았고 계속 밀려들어오는 군중의 행렬은 영원히 그치지 않을 것만 같았다. 여성 성가대가 찬송가를 부르는 동안 수녀는 기도문을 낭송하고 있었다

어쩌면 이토록 무더운가! 숨이 막힐 지경이다. 저녁 미사를 또 왜 이다지도 오래 끄는가! 표트르 예하는 진이 빠졌다. 숨이 가빠지면서 목이 탔다. 피로로 인해 어깨가 쑤시고 다리는 후들거렸다. 게다가 찬송가 사이사이에 들리는 유로지브이[2]의 괴성이 영 언짢았다. 그뿐만이 아니었다. 못 본 지 구 년이 지난 생모 마리야 티모페예브나가 별안간 군중 속에서 나와 그에게로 다가오고 있지 않은가? 필경 헛것을 보고 있는 것이다. 어머니, 혹은 어머니를 닮은 노파는 주교로부터 종려나무 가지를 받고 물러나더니 군중 속에 섞여 들어갈 때까지 줄곧 기쁨에 찬 선량한 미소를 지으며 즐겁게 주교를 응시하고 있었다. 주교의 얼굴에는 어찌 된 일인지 눈물이 흘러내렸다. 마음은 차분히 가라앉았고 모든 일이 순조로웠지만 그는 꼼짝 않고 좌측 성가대석을 바라보면서 울고 있었다. 기도문을 낭송하고 있는 그들의 얼굴은 저녁 어스름 탓에 전혀 분간되지 않았다. 주교의 얼굴과 턱수염 위에서 눈물이 반짝거렸다. 멀지 않은 곳에서 누군가가 울음을 터뜨리니까 뒤이어 또 누군가가, 그리고 또 누군가가 울음을 터뜨렸다. 그리하여 교회는 온통 낮은 흐느낌으로 가득 찼다. 얼마 후, 한 5분쯤 지나서 수녀 성가대가 찬송가를 부를 때가 돼서야 사람들은 울음을

2) 본문 101쪽 각주 참조.

그쳤고 모든 것은 방금 전의 상태로 돌아갔다.

마침내 미사가 끝났다. 주교가 집으로 가려고 사륜마차에 올라앉자 달빛으로 환한 정원 가득히 고귀하고도 묵직한 방울 소리가 아름답고 즐겁게 울려 퍼졌다. 하얀 담장, 무덤 위의 하얀 십자가들, 하얀 자작나무들, 시커먼 어둠, 수도원 위로 멀리 떠 있는 달…… 이런 것들은 인간과 흡사하면서도 그들 나름의 독특하고 불가사의한 생명을 누리고 있는 것처럼 보였다. 사월 초순이었기에 낮에는 따뜻했지만 저녁이 되니 쌀쌀해지면서 살얼음이 얼기 시작했다. 그러나 부드럽고 청량한 공기에서는 봄의 숨결이 느껴졌다. 수도원에서 시내로 가는 길은 모래밭이었으므로 말은 속도를 늦춰야 했다. 순례자들이 밝고 고요한 달빛을 받으며 마차 양옆에서 천천히 따라오고 있었다. 사람들은 모두 생각에 잠긴 채 말이 없었다. 그들을 둘러싸고 있는 모든 사물들, 나무들이며 하늘이며 달조차도 모두가 상냥하고 참신하고 친근하게 느껴졌다. 언제까지라도 이런 느낌이 계속 되길 바라는 심정들이었다.

이윽고 마차는 시내로 들어와 대로에 접어들었다. 상점들은 이미 문을 닫은 뒤였다. 다만 거상(巨商) 예라킨의 가게에서 시험 삼아 전등을 켜놓고 있었으며 심하게 깜빡거리는 전등 주변에 사람들이 모여 있었다. 마차는 인적 없는 넓고 어두운 거리들을 하나씩 지나쳐 시골길로 나아갔다. 들판에 이르자 소나무 향기가 났다. 갑자기 눈앞에 톱니 모양의 하얀 담장이 나타나면서 그 너머로 높다란 종루가 한껏 달빛을 받고 있는 것이 보였다. 그 옆에 나란히 다섯 개의 커다란 황금 지붕들이 빛을 발하고 있었다. 그것은 표트르 예하가 살고 있는 판크라티엡스키 수도원이었다. 사색에 잠긴 달은 이곳 수도원 위에도 고요히 걸려 있었다. 마차는 모래 위를 사각거리며 정문 안으로 들어갔다. 달빛 아래 어른거리는 수도사들의 검은 그림자가 보였고 이들이 돌바닥 위를 걷는 소리가 들려왔다.

"예하께서 안 계신 사이에 어머님께서 오셨습니다." 예하가 자기 방으로 들어가려 할 때 당번 수도사가 보고했다.

"어머니라고? 언제 오셨지?"

"저녁 미사 전이었습니다. 예하께서 어디 계신지 물어보시고는 수녀원으로 가셨습니다."

"그렇다면 내가 조금 전에 성당에서 본 사람이 어머니가 맞았구나! 오, 주여!"

예하는 기쁨에 겨워 웃음을 터뜨렸다.

"예하, 그분들이 내일 오신다고 여쭈어 달라 분부하셨습니다." 수도사는 덧붙였다. "아가씨 한 분도 같이 오셨는데 아마 손녀인가 봅니다. 일행은 옵샤니코프 여관에 머물고 계십니다."

"지금 몇 시인가?"

"11시가 막 지났습니다."

"허, 답답한 노릇이군!"

예하는 벌써 그렇게 늦었다는 사실이 믿기지 않는 듯 생각을 추스리며 응접실에 잠시 앉아 있었다. 팔다리가 쑤시고 뒷골이 당겼다. 방은 무덥고 불편했다. 잠깐 쉬었다가 침실로 간 그는 또다시 앉아서 어머니에 관해 생각했다. 당번 수도사가 나가는 소리에 이어 벽 너머에서 시소이 신부의 기침 소리가 들려왔다. 수도원의 시계가 11시 15분을 알렸다.

예하는 옷을 갈아입고 취침 기도를 올리기 시작했다. 그는 이미 오래전부터 익숙해진 이 기도를 정성 들여 외우면서도 한편으로는 어머니에 대해 생각했다. 그녀에게는 아홉 명의 자녀와 마흔 명가량의 손주가 있었다. 보제(補祭)인 남편과 함께 가난한 마을에서 사셨는데 열일곱 살 때부터 예순 살 때까지니까 꽤나 오랜 기간이었다. 예하는 아주 어린 시절, 거의 세 살 때부터 어머니에 대한 기억을 간직하고 있었다. 얼마나 그녀를 사랑했던가! 평화롭고 소중했던, 잊을 수 없는 어린 시절! 이제는 영영 흘러가 버려서 돌이킬 수 없는 그 시절은 어째서 실제보다 더 밝고 태평하고 풍요로워 보이는 걸까? 유년 시절이나 소년 시절 그가 병이 났을 때, 어머니는 얼마나 부드럽고 세심하게 그를 보살폈던가! 이제 회상과 뒤섞인 기도는 마치 불꽃처럼 점점 더 선명하게 타올랐지만 어머니에 대한 생각에 방해가 되지는 않았다.

그는 기도를 마친 뒤, 옷을 벗고 자리에 누웠다. 주위가 캄캄해지자마자 곧바로 돌아가신 아버지, 어머니, 고향 마을 레쏘폴리예가 눈앞에 어른거렸다……. 수레바퀴의 삐걱거리는 소리, 양들의 울음소리, 교회 종소리와 청명한 여름 아침, 창가의 집시들……. 오, 얼마나 달콤한 추억들인가! 레소폴리에 마을의 사제였던 시메온 신부가 생각났다. 겸손하고 침착하며 관대한 분이었다. 그런데 정작 당신은 여위고 자그마한 몸집이었지만 신학생인 아들은 엄청난 거구에 우레 같은 저음의 소유자였다. 언젠가 아들은 요리사에게 분통을 터뜨리면서 그녀를 "아이구, 이런 암탕나귀 예구지일로바 같으니!"라고 욕한 적이 있는데, 시메온 신부는 거기에 대해 말없이 얼굴만 붉혔을 뿐이었다. 성경에서 그런 이름을 가진 암탕나귀는 도통 들어본 적이 없었던 것이다. 그 뒤를 이은 레소폴리예의 사제는 데미얀 신부였는데, 그는 술을 한번 마시기 시작하면 헛것이 보일 때까지 폭음을 하는 사람이었다. 오죽하면 고주망태 데미얀이라는 별명이 붙을 지경이었다. 레소폴리예의 교사는 신학생 출신인 마트베이 니콜라이치였는데 선량하고 제법 똑똑했지만 그 역시 모주꾼이었다. 그는 학생들을 결코 때리는 법이 없었지만 어찌 된 일인지 교단에는 항상 자작나무 회초리 한 묶음이 걸려 있었고 그 밑에는 '베툴라 킨데르발자미카 세쿠타'[3] 라는 도무지 뜻 모를 라틴어 팻말이 걸려 있었다. 그에게는 털복숭이 검정 개가 한 마리 있었는데 그는 이 개를 신탁시스[4] 라는 이름으로 불렀다.

예하는 웃음 지었다. 레소폴리예에서 8베르스타 떨어진 오브니노라는 마을에는 기적을 행하는 성상(聖像)이 있었다. 여름이 되면 십자가를 앞세운 행렬이 오브니노 마을의 성상을 모시고 이 마을 저 마을을 돌아다니며 하루 종일 종을 울려댔다. 그럴 때면 예하는 공기 속으로 환희의 물결이 진동하는

---

3) 엉터리 라틴어에 독일어와 러시아어가 뒤섞여 있는 문장.

4) 통사론.

듯한 기분이 들었다. 그는(그때는 파블루샤라는 이름으로 불렸다.) 털모자도 쓰지 않고 맨발로 그 뒤를 쫓아다녔다. 소박한 믿음과 소박한 미소로 끝없이 행복했던 순간들이었다. 지금 생각해 보면 오브니노 마을에는 언제나 사람들이 많았다. 이 마을 사제인 알렉세이 신부는 봉헌 예배 시간에 늦지 않으려고 자신의 귀머거리 조카 일라리온으로 하여금 성찬식 기도문을 '건강에 관하여'나 '안식을 위하여' 따위의 짧은 것으로 읽도록 시키곤 했다. 일라리온은 아침 예배 때 기도문을 읽는 대가로 어쩌다가 5코페이카나 10코페이카 동전을 받았다. 그리고 세월이 흘러 머리가 희끗희끗해지고 벗겨질 무렵에 갑자기 종이 위에 '그래 일라리온, 넌 바보야!'라고 쓰인 것을 보게 된다.[5] 열다섯 살이 될 때까지 파블루샤는 학교 공부를 못 따라갔던 탓에 가족들은 급기야 신학교를 그만두게 하고 가게 점원으로 그를 보내려고 했을 정도였다. 어느 날 편지를 부치려고 오브니노에 온 그는 우체국 직원들을 한참 동안 지켜보다가 이렇게 물은 적이 있었다.

"뭐 좀 물어볼게요. 아저씨들은 보수를 월급으로 받아요, 아니면 일당으로 받아요?"

---

5) 러시아 정교회에서는 평신도들이 자신의 기원을 담은 종이쪽지를 사제에게 제출하면, 예배 시간에 사제가 이를 읽어 주는 풍습이 있다. 이 장면은 어떤 신도가 머리가 모자란 일라리온을 놀리기 위해 종이쪽지에 장난을 친 것으로 이해할 수 있는데, 그것이 실제로 있었던 사건인지 아니면 주교 자신이 말년에 이르러 절감하게 된 무상감을 일라리온의 어리석음에 빗대어 상징적으로 표현하고 있는 것인지는 분명하지 않다.

예하는 상념을 그치고 잠을 청하기 위해 성호를 긋고 옆으로 돌아누웠다.

"어머니가 오셨어……."

다시 그 일을 떠올리고 그는 미소 지었다.

창으로 달빛이 비추어 방바닥이 환했지만 그에게는 그늘이 드리워져 있었다. 귀뚜라미가 시끄럽게 울고 있었다. 옆방에서 시소이 신부의 코 고는 소리가 벽 너머로 들렸다. 노인 특유의 코고는 소리에서 외로운 고아 같은, 심지어 방랑자 같은 무언가가 느껴졌다. 시소이는 한때 주교청의 사무장이었기 때문에 지금도 '사무장 신부'로 불린다. 칠순의 그는 시에서 16베르스타 떨어진 수도원에 살지만 때로는 시내에서 지내기도 한다. 사흘 전에 그는 판크라티옙스키 수도원에 들렀는데, 예하는 틈나는 대로 수도원의 이런저런 업무에 관해 이야기를 나눌 작정으로 그를 자기 곁에 머물도록 했다.

1시 반에 새벽 예배를 알리는 종이 울렸다. 시소이 신부가 기침을 하고 불만스럽게 뭐라고 투덜거리더니 맨발로 이 방 저 방을 돌아다니는 소리가 들렸다.

"시소이 신부님!"

예하는 그를 불렀다.

시소이는 자기 방으로 갔다가 잠시 후에 장화를 신고 촛불을 든 모습으로 나타났다. 그는 속옷 위에 승복을 걸치고 머리에는 낡아서 빛이 바랜 둥근 사제모를 쓰고 있었다.

"잠이 안 오네요."

예하는 일어나 앉으며 말했다.

"암만해도 병이 난 것 같아요. 왜 그런지는 모르겠는데 열이 있어요!"

"아마 감기가 드셨나 봅니다, 주교님. 양초 기름으로 마사지를 해 보세요."

시소이는 한동안 서 있다가 하품을 했다.

"오, 주여! 이 죄인을 용서하소서!"

"지금 예라킨네 집에서는 전등을 달았다더군요."

그는 말했다.

"맘에 안 들어요!"

늙고 여위고 등이 굽은 시소이 신부는 늘 무언가 불만스러워했으며 새우처럼 튀어나온 그의 눈은 노기를 띠고 있었다.

"맘에 안 들어요!"

그는 방을 나가며 되풀이 말했다.

"정말 맘에 안 들어요!"

2

성지 주일인 다음 날, 예하는 시내의 성당에서 미사를 집전했으며 관구 주교와 와병 중인 늙은 장군 부인을 방문하고 나서 마침내 숙소로 돌아왔다. 1시에 그는 귀한 손님들과 함께 점심 식사를 했다. 손님은 늙으신 어머니와 여덟 살 난 조카딸 카차였다. 식사 시간 내내 정원으로부터 봄날의 햇볕이 창으로 비쳐 들어와 하얀 식탁보와 카차의 붉은 머리카락 위에서 즐겁게 빛나고 있었다. 정원으로부터 갈까마귀의 울음과 찌르레기의 노랫소리가 이중으로 된 창을 통해 들려왔다.

"우리가 못 본 지 벌써 구 년이 됐네요."

노파가 말했다.

"어저께 수도원에서 주교님을 얼핏 봤는데, 어쩌면! 하나도 변하지 않았어요. 좀 여위고 턱수염이 길어진 것만 빼고는. 천주님, 성모님! 어저께 저녁 미사 때는 사람들 모두가 주체를 못 하고 울음을 터뜨렸지요. 나도 주교님을 보면서 눈물을 흘렸어요. 왜 그랬는지 나도 몰라. 주님의 뜻이지!"

비록 그녀는 다정하게 이야기하고 있었지만 거북한 기색이 역력했다. 그를 '너'라고 불러야 할지 '주교님'이라고 불러야 할지, 웃어야 할지 말아야 할지 갈피를 잡을 수가 없었다. 또한 자신이 주교의 어머니라기보다는 단지 보제(補祭)의 부인이라는 느낌도 들었다. 한편 카차는 앞에 있는 사람이 어떤 인간인지 알아내야겠다는 듯 자신의 삼촌을 뚫어져라 응시하고 있었다. 아이의 머리카락은 머리핀과 벨벳 리본 위로 빠져나와서 마치 후광처럼 솟아올라 있었으며 코는 오똑했고 눈동자는 약삭빠르게 빛났다. 아이가 식탁에 앉다가 벌써 잔 하나를 깨뜨렸기 때문에 할머니는 이야기를 하면서도 찻잔이며 술잔을 아이로부터 멀찌감치 치워 놓고 있었다. 예하는 어머니의 이야기를 들으면서 언젠가 멀고 먼 옛날 그녀가 자신과 형제자매들을 개중 형편이 좀 나은 친척들에게 데려갔던 일이 생각났다. 그때는 자식들 때문에 바쁘더니 이제는 손자들 차례가 된 것이다. 카차도 그래서 여기 데려온 것이지…….

"주교님의 누이 되는 바렌카는 애가 넷이지요."

그녀는 말했다.

"여기 이 카차가 장녀예요. 하늘도 무심하시지, 난데없이 애 아버지 이반이 병에 걸려서 성모 승천일을 사흘 앞두고 죽어 버렸지 뭡니까. 우리 바렌카 혼자 어떻게 살라고"

"니카노르는 어떻게 됐어요?"

예하는 자기 맏형의 안부를 물었다.

"별일 없어요. 주님 덕분에 별일 없이 그럭그럭 살지요. 다만 한 가지 있다면 아들 니콜라샤, 그러니까 우리 손자가 성직을 마다하더니 의사가 되겠다고 대학에 간 거예요. 자기는 그게 낫다고 하지만 누가 알겠어요! 주님의 뜻이거니 해야죠."

"니콜라샤는 죽은 사람의 배를 짼대요."

카차는 그렇게 말하면서 자기 무릎에다가 물을 엎질렀다.

"얌전히 앉아 있거라, 얘야."

할머니는 가만히 주의를 주고는 아이의 손에서 잔을 빼앗았다.

"기도를 하고 먹어야지."

"정말 이게 얼마 만입니까!"

예하는 어머니의 어깨와 팔을 부드럽게 쓰다듬으며 말했다.

"외국에 있는 동안 어머니가 너무나 보고 싶었어요."

"우리 모두 고마워하고 있답니다."

"저녁이면 창가에 홀로, 홀로 앉아 바깥에서 울리는 음악 소리를 듣곤 했어요. 그러다 보면 문득 고향이 사무치게 그리워지는 겁니다. 집에 갈 수만 있다면, 어머니를 볼 수만 있다면 뭐든지 내놓고 싶은 심정이었어요."

어머니는 미소를 지으며 얼굴이 환해졌지만 곧 심각한 표정을 지으며 말했다.

"우리 모두 고마워하고 있답니다."

그의 기분은 갑자기 변해 버렸다. 그는 어머니를 바라보면서 의아한 생각이 들었다. 어째서 그녀가 이런 공손한 표정과 목소리를 하고 있는지 이해할 수 없었다. 그녀가 낯설어 보이면서 우울하고 답답해지기 시작했다. 거기에다 어제처럼 머리가 아프고 다리도 부서질 듯 쑤셔 왔다. 생선 요리는 소태처럼 썼고 자꾸 물만 마시고 싶었다…….

점심 식사 뒤에는 두 명의 부유한 여지주들이 찾아와서 한 시간 반가량이나 뚱한 얼굴로 말없이 앉아 있다가 나갔다. 그 다음에는 말수가 적고 가는귀가 먹은 수도원장이 다녀갔다. 저녁 기도를 알리는 종소리가 울릴 즈음 태양이 숲 너머로 지면서 하루가 저물었다. 예배당에서 돌아온 예하는 서둘러 기도를 마치고 침대에 누워 이불을 꼭꼭 끌어 덮었다.

점심 때 먹은 생선 요리가 생각나면서 기분이 나빠졌다. 달빛이 그의 잠을 방해하는가 했더니 조금 뒤에는 옆방에서 두런거리는 소리가 들렸다. 아마도 응접실인 듯, 시소이 신부가 어머니에게 정치 이야기를 하고 있었다.

"일본에서는 전쟁이 나서 난리랍니다. 일본인은 몬테니그로인과 같은 종족이에요. 둘 다 터키의 지배를 받은 적이 있지요."

이어서 마리야 티모페예브나의 목소리가 들려왔다.

“그러니까, 기도를 드리고 나서, 저기 뭐야, 차를 좀 마시고 나서, 예고르 신부에게로 갔지요, 뭣이냐, 노보하트노예에 계시는, 그…… 저…….”

‘차를 마시고 나서’, ‘차를 마시고 나서’는 하염없이 이어졌다. 그녀는 마치 일생 동안 차 마시는 일밖에 모르는 사람 같았다. 신학교와 대학 시절의 일들이 천천히 희미하게 떠올랐다. 그는 삼 년 동안 신학교에서 그리스어 선생 노릇을 했다. 그때만 해도 벌써 안경 없이는 책을 볼 수가 없었다. 그러다가 삭발을 하고 수도승이 되었고 장학관으로 임명되었다. 그러다가 학위를 마쳤다. 서른두 살이 되었을 때 신학교의 학장으로 나중에는 수도원장으로 승격되었다. 그때에는 인생이 참으로 가뿐하고 즐거웠으며 길고도 길어서 끝이 없는 것처럼 보였다. 그러나 같은 시기에 병을 얻어서 형편없이 몸이 축나더니 거의 실명할 지경에까지 이르렀다. 그래서 의사의 충고대로 모든 것을 버리고 외국으로 떠나야만 했다.

“그래서요?”

옆방에서 시소이 신부가 물었다.

“그다음에는 차를 한 잔 마셨지요…….”

마리야 티모페예브나가 대답했다.

“아저씨, 턱수염이 초록색이네요!”

갑자기 카차가 놀란 듯이 소리치더니 웃음을 터뜨렸다.

예하는 시소이 신부의 턱수염이 진짜로 초록빛을 띠고 있다는 사실을 상기하고 씩 웃었다.

“이런 천벌을 받을!”

시소이가 벌컥 화를 내며 소리를 질렀다.

“애가 버릇이 없구나! 얌전히 앉아 있어!”

외국에 가 있는 동안에 봉직했던 하얀 새 교회가 떠올랐다. 따스한 바다의 속삭임도 기억났다. 숙소에는 밝고 천장이 높은 다섯 개의 방이 있었으며 서재에는 새 책상이 놓여 있었다. 많이 읽고 많이 쓰던 시절이었다. 그리고 눈먼 여자 거지가 매일 그의 창 아래에서 기타를 연주하며 연가를 부를 때면 그가 얼마나 고향을 그리워했는가도 생각났다. 웬일인지 그녀의 노래를 들을 때마다 옛날 생각이 났다. 그런데 어느덧 팔 년이 지나서 러시아는 그를 불러들였고 그는 지금 벌써 주교의 신분이 된 것이다. 모든 것이 어딘가 먼 곳으로, 안개 속으로 사라졌다. 꿈속의 일처럼…….

시소이 신부가 양초를 들고 침실로 들어왔다.

“이런!”

그는 놀라서 말했다.

“벌써 주무십니까, 예하?”

“무슨 일이죠?”

“아직 이른데, 10시도 안 됐을 겁니다. 수지 마사지를 해 드리려고 오늘 양초를 샀어요.”

“열이 있어요…….”

예하는 일어나 앉으며 말했다.

“뭐라도 해 보긴 해야 할 것 같군요. 머리가 영 찌뿌드드한 게…….”

시소이는 예하의 셔츠를 벗기고 가슴과 등을 양초 기름으로 문지르기 시작했다.

"자…… 자…… 오, 주여…… 그렇지. 오늘 시내에 다녀왔어요. 그 사람한테 갔었지요."

"그 사람이라니요?"

"사제장 시돈스키 말입니다……. 거기서 차를 마셨지요……. 그 사람 마음에 안 들어요! 주여…… 자, 됐습니다……. 마음에 안 들어요!"

3

관구 주교는 매우 뚱뚱한 데다 연로해서 류머티즘과 통풍을 앓고 있었는데 벌써 한 달째 자리에서 일어나지 못하고 있었다. 표트르 예하는 거의 매일같이 관구 주교를 찾아가서 청원자들을 대신 면접해 주고 있었다. 그런데 자신이 병에 걸린 지금, 청원자들이 울면서 부탁했던 일들이 얼마나 공허하고 하찮았던가를 생각하며 놀라지 않을 수 없었다. 사람들의 무지와 비겁은 그를 화나게 만들었다. 이 모든 하찮고 쓸모없는 일들이 산더미처럼 쌓여 그를 짓눌렀다. 젊은 시절 『자유 의지에 관한 교훈』이라는 책을 썼던 관구 주교가 어째서 지금은 머리가 텅 비어 신조차도 잊고 사는 시시한 인간이 되었는가를 이제야 이해할 수 있을 것 같았다. 외국에 있는 동안 러시아의 삶으로부터 너무 멀어져 버린 탓인지 예하는 거기에 다시 익숙해지기가 쉽지 않았다. 민중들은 거칠었고 청원하러 온 아낙네들은 따분하고 어리석었으며 신학생과 그 선생들은 무식함을 넘어서 야만적으로 보였다. 그리고 서류들, 수시로 밀려 들어오는 몇십만 장의 서류들은 또 어떤가! 보직 신부들은 노소를 막론하고 관구의 모든 성직자들에게는 물론 이들의 아내와 자식들에게까지 수나 우, 어쩌다 미라는 품행 점수를 주었고 예하는 이것들을 읽으며 진지한 평가서를 써야만 했다. 한순간의 자유 시간도 없이 그의 정신은 하루 종일 시달렸다. 표트르 예하가 마음을 놓을 수 있는 시간은 예배당 안에 있을 때뿐이었다.

그는 자신이 사람들에게 불러일으키는 두려움에 도무지 익숙해질 수가 없었다. 그것은 스스로 의도한 것도 아닐뿐더러 조용하고 겸손한 자신의 성품에도 반하는 일이었기 때문이다. 이 고장의 모든 사람들은 그의 시선과 마주치기만 하면 죄를 짓고 겁을 먹은 난쟁이들이 되어 버리는 것 같았다. 그 앞에서는 모두가 두려움에 떨었으며 심지어 늙은 수석 사제들까지도 발밑에 '납작' 엎드릴 정도였다. 얼마 전에는 마을 신부의 아내인 늙은 여자가 청원을 하러 왔는데 겁에 질려서 말 한마디 못 하고 그냥 가 버린 일도 있었다. 신자들을 불쌍히 여겨 설교 중에 항상 평정하고 관대한 자세를 잃지 않았으며 한 번도 그들을 질책한 적이 없는 그였지만, 청원자들을 면접할 때는 종종 자제심을 잃고 화를 내거나 청원서를 바닥에 팽개친 적이 있었다. 그가 여기에 있는 동안 내내 그 어떤 사람도 그와 진심으로 소박하게, 인간 대 인간으로 이야기하지 않았다. 하물며 늙은 어머니까지 예전의 당신과 너무 달라지신 것이다! 그는 궁금했다. 어째서 어머니는 시소이 신부와는 쉴 새 없이 이야기하고 자주 웃으시면서 아들인 자신과 있을 때는 통 말이 없이 심각해하시고 불편해하시는 걸까? 그 앞에서 스스럼없이 행동하고 마음껏 말을 하는 유일한 인간은 시소이 노인 한 사람뿐이었다. 그는 평생 주교들을 수행했으며 그동안 그를 거친 주교만 해도 열한 명이나 된다. 그래서 그런지 더할 수 없이 완고하고 시끄러운 사람임에도 불구하고 그와 같이 있으면 편했다.

화요일 아침 예배를 마치고 주교청에 간 예하는 청원자들을 면접하면서 흥분하고 화를 내다가 집으로 돌아왔다. 여느 때처럼 몸이 아팠으므로 빨리 침대에 눕고만 싶었다. 그런데 막 방에 들어가려는 찰나에 예라킨이 왔다는 전갈이 들어왔다. 교회의 후원자인 이 젊은 상인이 매우 중요한 일로 찾아왔다는 것이다. 그를 만나 주지 않을 수가 없었다. 예라킨은 한 시간이나 앉아서 거의 고함을 지르듯이 떠들어 댔는데 예하는 그가 무슨 말을 하고 있는지 알아듣기가 힘들었다.

"그렇게 되기를 빕니다!"

그는 나가면서 말했다.

"꼭이요! 상황에 따라서요, 예하님! 그러길 바랍니다!"

그 뒤에는 먼 곳에 있는 수녀원의 원장이 다녀갔다. 그녀가 가고 나자 저녁 예배를 알리는 종소리가 들렸다. 예배당에 갈 시간이었다.

저녁 미사에서는 검은 턱수염의 젊은 수도 사제가 집전하는 가운데 수도사들이 곱고 영감 어린 목소리로 찬송을 했다. 「한밤중에 찾아온 신랑과 화려한 궁전에 대한 노래」[6]를 들으면서 예하는 참회와 비탄의 감정을 느끼기보다는 오히려 영혼의 안식과 고요를 느꼈다. 그러면서 그의 생각은 먼 과거로, 지금처럼 약혼자와 사치스런 궁전에 대한 노래를 듣던 어린 시절로 치달았다. 그 옛날의 일들은 실제로는 그랬을 리 없는 아름답고 황홀한 모습으로 눈앞에 생생하게 펼쳐졌다. 저승에서 아마도 우리는 먼 과거에 이승에서 살았던 삶을 바로 이런 감정으로 기억할지도 모른다. 누가 알겠는가! 예하는 어둠이 드리워진 제단 앞에 앉았다. 눈물이 뺨을 타고 흘러내렸다. 그는 생각했다. 지금 그는 자신의 지위에 있는 사람으로서 가능한 모든 것을 성취했으며 여태껏 믿음을 잃지 않았다. 하지만 여전히 모든 것은 불투명했다. 아직도 무언가가 부족했으며 이대로 죽고 싶지 않았다. 여전히 그에게는 무언가 가장 중요한 것이, 언젠가 막연하게 꿈꾸었던 그 무엇이 결여되어 있는 것 같았다. 어린 시절과 대학 시절 그리고 외국에서 가졌던 그 모든 소망이 현재에도 그를 고뇌하게 만들고 있었다.

'오늘은 노래를 정말 잘들 부르는구나!'

찬송가 소리에 귀를 기울이며 그는 생각했다.

"정말 잘 불러!"

---

6) 마태복음 25장의 내용과 관련된 찬송가로서, '한밤중에 찾아온 신랑'은 예수를 뜻한다

4

목요일에 그는 성당에서 오전 미사를 집전하고 세족식[7]을 거행했다. 미사가 끝난 후 사람들이 각자 집으로 흩어질 즈음 햇볕은 따뜻하고 상쾌했으며 길가의 개울물은 졸졸거리며 흐르고 있었다. 교외의 들판에서 날아온 종달새의 부드러운 노래는 마음을 편안하게 해 주었다. 나무들은 벌써 잠을 깨어 인사하듯 미소를 지었고 그 위로 끝을 알 수 없는 파란 하늘이 광활하게 펼쳐졌다.

표트르 예하는 집에 도착해서 차를 마시고 옷을 갈아입었다. 그리고 침대에 누워서 당번 수도사에게 덧창을 닫도록 일렀다. 침실은 컴컴해졌다. 그런데 왜 이리 피곤한 것일까, 다리와 등은 왜 이리도 아플까, 이 집요하고 싸늘한 고통은 도대체 무엇인가, 귀에서 윙윙거리는 이 소음은! 오랫동안 잠을 이루지 못했는데, 생각해 보니 제법 시간이 지난 것 같았다. 무언가 자질구레한 일이 눈을 감자마자 머릿속을 맴돌고 있었다. 어제저녁처럼 벽을 통해서 옆방의 목소리와 잔이며 숟가락이 부딪히는 소리가 들렸다……. 마리야 티모페예브나가 시소이 신부에게 속담을 섞어가며 유쾌하게 무슨 얘기를 하고 있었고 거기에 대해 시소이 신부는 불만스러운 투로 무뚝뚝하게 대답하고 있었다. "절대로! 어딜 감히! 설마!"

예하는 또다시 화가 나기 시작했다. 노인네가 다른 사람들

---

7) 예수가 제자들의 발을 씻어준 데서 유래한 정교 의식.

에게는 평범하고 소박하게 대하면서도 아들 앞에서는 소심해져서 하고 싶은 말도 잘 안 한다는 사실이 섭섭했다. 심지어 요 며칠 내내 그와 함께 있을 때는 자리가 불편한 듯이 줄곧 일어날 핑계만 찾는 것처럼 보였다. 아버지라면 어땠을까? 그분이 만약 살아 계셔서 아들 앞에 있었더라면 아마 한마디도 말을 꺼내지 못했으리라…….

옆방에서 뭔가 바닥에 떨어져 깨지는 소리가 들렸다. 시소이 신부가 갑자기 씩씩거리며 소리를 지르는 것으로 보아 필경 카차가 찻잔이나 접시를 깬 모양이었다.

"정말 천벌을 받을 계집아이야! 주여, 저의 죄를 사하소서! 찻잔이 남아나질 않는구나!"

그러고 나서는 조용해졌다. 정원에서 나는 소리만 들릴 뿐이었다. 그리고 예하가 눈을 떴을 때 방 안에 꼼짝 않고 서서 자신을 바라보고 있는 카차의 모습이 눈에 들어왔다. 그녀의 붉은 머리는 여느 때같이 머리핀에서 빠져나와 후광처럼 보였다.

"카차구나?"

그는 물었다.

"아래층에서 아까부터 문을 열었다 닫았다 하고 있는 이가 누구지?"

"나는 안 들리는데요."

카차가 귀를 기울이며 대답했다.

"지금 또 누가 지나갔어."

"그건 삼촌 배에서 나는 소리예요!"

그는 껄껄 웃으며 아이의 머리를 쓰다듬어 주었다. 그리고 잠시 침묵하다가 물었다.

"그래, 니콜라샤 오빠가 죽은 사람 배를 짼다고?"

"네. 배우는 중이래요."

"오빠는 착하니?"

"뭐, 착해요. 보드카를 너무 마셔서 그렇지."

"아버지는 어떤 병으로 돌아가셨니?"

"아빠는 몸이 약해지면서 바짝바짝 말라 가더니 갑자기 편도선에 걸렸어요. 그러자 나도 병에 걸리고 페자 오빠도 병에 걸렸어요. 전부 목이 아팠어요. 아빠가 돌아가시자 우리는 병이 나았어요, 삼촌."

아이의 턱이 부르르 떨리더니 눈물이 글썽거렸다. 눈물은 아이의 볼을 타고 흘러내렸다.

"예하님."

아이는 이제 한층 서럽게 울면서 가느다란 목소리로 말했다.

"삼촌, 엄마랑 우리는 불행해졌어요……. 우리한테 돈을 좀 주세요…… 제발이요…… 제발……!"

그도 역시 눈물을 흘렸다. 감정이 복받쳐서 한참 동안 아무 말도 할 수가 없었다. 그는 아이의 머리를 쓰다듬다가 어깨를 토닥거리며 말했다.

"그래, 그래, 얘야. 부활절 날에 이 문제를 얘기하자꾸나…… 내가 도와줄게…… 도와주고말고……."

어머니가 소리 없이 조심스럽게 들어오더니 성상 앞에서 기도했다. 그가 아직 잠들지 않은 것을 보고 어머니는 물었다.

“수프 좀 들래요?”

“아니에요, 고맙지만…… 입맛이 없어요.”

그는 대답했다.

“편찮으신 것 같네요…… 내가 보기에. 병이 날 만도 하지! 하루 종일 돌아다녔으니, 하루 종일. 맙소사, 보기가 민망할 정도예요. 자, 곧 있으면 부활절이니까 쉴 수 있을 거예요. 그러면 그때 가서 이야기를 나눠요. 지금은 잔소리로 주교님을 성가시게 하고 싶진 않아요. 가자, 카차, 주교님 주무시게.”

아주 오래전, 그가 아이였을 적에도 그녀는 바로 지금처럼 수선스러울 만큼 예의 바른 태도로 고위 성직자들과 이야기했었던 것이 기억났다……. 다만 방을 나가면서 그녀가 얼핏 보여 준 온화한 눈동자와 소심하고 걱정이 가득한 눈길은 그래도 그녀가 어머니였음을 알 수 있게 해 주었다. 그는 눈을 감았다. 잠이 들었는가 싶었는데 시계 종이 두 번 울리는 소리와 벽 너머에서 시소이 신부가 기침하는 소리가 들렸다. 그리고 어머니가 다시 들어와서 1분 정도 조심스럽게 그를 바라보다가 나갔다. 마차인지 짐수레인지 소리가 들리는 걸로 보아 누군가 현관에 도착한 모양이었다. 갑자기 노크 소리가 나더니 벌컥 문이 열리며 당번 수도사가 침실로 들어왔다.

“예하!”

당번 수도사는 큰 소리로 그를 불렀다.

“뭐지?”

“마차가 준비됐습니다. ‘주님의 수난’ 의식에 가실 시간입니다.”

"몇 시지?"

"7시 15분입니다."

그는 옷을 입고 성당으로 갔다. 열두 곡의 성가가 진행되는 동안 교회 한가운데에 꼼짝없이 서 있어야 했다. 가장 길고 가장 아름다운 첫 번째 성가는 그도 따라 불렀다. 원기왕성한 느낌이 그를 채웠다. '이제 사람의 아들이 찬양받으시도다'로 시작되는 이 첫 번째 성가는 그도 외우고 있었다. 성가를 따라하면서 그는 이따금 눈을 들어 양옆에 늘어서 있는 불꽃의 바다를 보았다. 양초들이 타들어 가는 소리가 들렸지만 예년과 마찬가지로 사람들은 많지 않았다. 이 사람들 모두가 그의 어린 시절에 있었던 사람들이며 앞으로도 내내 (언제까지일는지는 신만이 아실 일이지만) 이 자리에 머물 것처럼 여겨졌다.

그의 아버지는 보제(補祭)였고 할아버지는 신부, 증조할아버지는 보제(補祭)였다. 아마도 그의 가계 전부가 고대 러시아에 기독교가 들어왔을 때부터 성직에 종사했을 것이다. 교회 의식과 성직, 그리고 교회 종소리에 대한 그의 애착은 아마도 나면서부터 지닌 뿌리 깊은 본성이었을 터였다. 교회에 있을 때, 특히 자기가 미사를 집전할 때면 그는 뿌듯하고 기운차고 행복한 느낌이 들었으며 지금도 마찬가지였다. 그러나 이윽고 여덟 번째 성가를 마쳤을 무렵, 그는 기침도 못 할 만큼 목소리에 힘이 빠져 버렸고 머리가 깨질 듯 아파 왔다. 여기서 쓰러지고 마는 게 아닌가 하는 두려움이 그를 엄습했다. 그러더니 정말로 다리가 마비되면서 차츰 감각이 없어지기 시작했다. 자신이 무엇 때문에 버티고 서 있는지, 왜 쓰러지지 않는지 영문을 알 수 없었다.

미사가 끝났을 때는 자정을 15분 남겨 두고 있었다. 예하는 자기 방에 들어가서 취침 기도도 빼먹은 채 옷을 벗고 자리에 누웠다. 말을 할 기력도 없었고 이제는 일어날 수도 없을 것 같은 기분이었다. 이불을 덮으면서 갑자기 외국으로 가고 싶은 생각이 들었다. 점점 커져가는 그 생각! 이 구질구질한 싸구려 덧문과 낮은 천장을 보지 않을 수 있다면, 수도원의 이 무거운 냄새를 안 맡을 수만 있다면 목숨이라도 내놓고 싶은 심정이었다. 한 명이라도 이야기가 통하는 사람이 있다면 영혼을 내어 줄 텐데!

옆방에서 누군가의 발소리가 들려왔지만 아무리 생각해 봐도 그것이 누군지 기억할 수 없었다. 마침내 문이 열리더니 시소이 신부가 양초와 찻숟가락을 들고 들어왔다.

"벌써 자리에 드셨습니까, 예하?"

그가 물었다.

"식초를 섞은 보드카를 발라 드리려고 왔지요. 제대로 문지르기만 하면 상당히 효과를 볼 겁니다. 주 예수님…… 자, 이렇게…… 자…… 오늘은 우리 수도원에 갔었지요……. 마음에 안 들어요! 내일 여기서 떠날 겁니다. 그만 있고 싶어요. 주 예수님…… 자……."

시소이는 워낙 한 곳에 오래 붙어 있는 사람이 아닌데도 판크라티옙스키 수도원에는 벌써 일 년이나 있었던 것이다. 그의 이야기를 들으면 참으로 이해하기 힘든 것들이 있었다. 집은 어딘지, 그에게도 좋아하는 사람이 있는지, 과연 신을 믿는지……, 이 사람 스스로도 자기가 왜 수도승인지를 몰랐다. 그런 것에 대해서 생각해 보지도 않았을 뿐만 아니라 오래전에 삭발을 하고 수도사가 되던 순간 그런 문제는 기억 속에서 지워졌기 때문이다. 그는 태어나면서부터 수도사였던 것 같았다.

"내일 가겠어요. 여기는 지긋지긋해요!"

"당신과 이야기를 나누고 싶었는데…… 그럴 짬이 없었어요."

예하는 안간힘을 짜내어 조용히 말했다.

"알다시피 나는 여기 아는 사람들이 없잖습니까……."

"일요일까지는 머무르겠습니다. 하지만 더 이상은 못 있겠어요. 나 원!"

"주교가 다 뭡니까?"

예하는 작은 소리로 계속 말했다.

"나는 마을 신부에나 어울려요. 아니면 보제(補祭)든가 아니면 평수도사든가…… 모든 일들이 나를 짓누르고 있습니다……. 짓누르고 있어요."

"네? 주 예수님…… 자, 됐습니다……. 그럼 주무세요, 예하! 갑자기 무슨 말씀이세요! 어쩌시겠다는 겁니까! 안녕히 주무세요!"

예하는 한숨도 자지 못했다. 아침 8시쯤 내장 출혈이 시작되었다. 당번 수도사는 기겁해서 먼저 수도원장에게 달려갔다가 시내에 살고 있는 수도원 의사 이반 안드레이치를 부르러 갔다. 길고 허연 턱수염의 뚱뚱한 의사 영감은 예하를 오랫동안 살펴보면서 계속 고개를 저으며 인상을 쓰다가 이윽고 말했다.

"아세요, 예하? 장티푸스에 걸리셨어요!"

내장 출혈 때문에 예하는 몇 시간 만에 부쩍 홀쭉해지고 창백해졌다. 살이 쪽 빠진 얼굴에는 잔뜩 주름이 지고 눈은 커다랗게 튀어나와서 마치 갑자기 늙어 버린 것 같았다. 게다가 키까지 줄어들었기 때문에 그는 자신이 누구보다도 여위고 허약하고 초라해 보일 거라고 생각했다. 예전의 모든 것은 어딘가로 멀리멀리 사라져 버려 더 이상 되풀이되지도, 계속되지도 않을 것 같은 느낌이 들었다.

"정말 좋구나!"

그는 생각했다.

"정말 좋다!"

어머니가 오셨다. 어머니는 그의 주름진 얼굴과 커다란 눈을 보고 깜짝 놀라더니 침대 앞에 쓰러지듯 무릎을 꿇고 그의 얼굴과 어깨와 손에 입을 맞추기 시작했다. 그녀도 또한 그가 다른 누구보다도 여위고 허약하고 초라해 보인다고 생각했다. 그녀는 이미 그가 주교라는 사실을 망각한 채 그에게 자기가 나은 소중한 아기에게 하듯 입을 맞추었다.

"파블루샤, 귀여운 것아."

그녀는 정신없이 말했다.

"내 아가야!…… 내 아들아! 어쩌다가 이 지경이 됐니? 파블루샤, 대답 좀 해 봐라!"

옆에는 카차가 창백하고 험상궂은 얼굴로 서 있었다. 아이는 삼촌에게 무슨 일이 일어났는지, 어째서 할머니가 저처럼 고통스러운 표정을 짓고 있으며 왜 저런 가슴 아픈 말을 하고 있는지 이해할 수 없었다. 그는 이미 아무 말도 할 수가 없었고 알아듣지도 못했다. 그는 소박하고 평범한 인간으로 돌아간 자신이 지팡이를 휘두르며 즐겁게 들판을 뛰어가고 있고 머리 위로는 햇빛 가득한 넓은 하늘이 펼쳐져 있는 광경을 눈에 그리고 있었다. 그는 이제 새처럼 자유로우며 어디든 마음 내키는 대로 갈 수가 있는 것이다!

"아들아, 파블루샤야, 대답 좀 해라!"

노파가 말했다.

"어찌 된 일이냐? 내 아들아!"

"예하를 내버려 두세요."

방 안을 오락가락하던 시소이 신부가 화를 내며 말했다.

"주무시게 놔두라니까…… 아무 일도 없습니다. 무슨 일이 있겠어요!"

세 명의 의사가 찾아와서 이런저런 조언을 하고는 가 버렸다. 믿어지지 않을 정도로 길고 긴 하루였다. 그다음에는 밤이 찾아와서 오래도록 계속되었다. 토요일 아침, 응접실 소파에 누워 있던 노파에게 당번 수도사가 다가오더니 침실에 와달라고 부탁했다. 예하가 돌아가신 것이다.

다음 날은 부활절이었다. 이 도시에는 마흔두 개의 교회와 여섯 개의 수도원이 있었으니 기쁨의 종소리는 아침부터 저녁까지 온 도시 위로 쉼없이 울리면서 대기를 진동시켰다. 새들은 노래 부르고 태양은 화창하게 내리쬐었다. 장이 벌어진 광장에서는 그네를 타네 손풍금을 울리네 하며 왁자지껄했고 손풍금 소리와 술 취한 이들의 주정이 요란했다. 큰길에서는 정오가 지나면서 경마가 시작되고 있었다. 한마디로 모두 흥겹고 태평했다는 얘기다. 바로 지난해에 그랬던 것처럼. 그리고 틀림없이 앞으로도 그러할 것이다.

한 달 뒤에 새 대리 주교가 임명되었으며 그때는 이미 아무도 표트르 예하에 대한 생각을 하지 않았다. 그리고 사람들은 완전히 그를 잊어버렸다. 다만 지금은 먼 시골 마을에서 보제인 사위의 집에 얹혀 살고 있는 고인의 늙은 어머니만이 저녁이 되어 암소를 들여놓기 위해 여자들이 모일 때면 아이들 얘기, 손자들 얘기 그리고 자기에게 주교 아들이 있었다는 얘기를 꺼내곤 했다. 그녀는 주교 아들 얘기를 할 때면 혹시 사람들이 자기를 믿지 않으면 어쩌나 싶어 조심했다.

사실 모두가 그녀의 얘기를 믿은 것은 아니었다.

(1902)

작품 해설

현대 단편 소설의 완성자 체호프

안톤 파블로비치 체호프(1860~1904)는 19세기 러시아 문학이 낳은 최고의 단편 소설가이자 극작가이다. 19세기 사실주의 문학을 주도한 장편 소설의 그늘에서 하위 장르의 지위에 머물러 있던 단편 소설은 체호프를 통해서 문학의 한 주류로 자리 잡을 수 있었으며, 그의 후기 희곡들을 통해서 러시아의 연극, 나아가 세계의 연극은 현대극이 나아갈 방향을 결정할 수 있었다. 지난 세기의 작가들 가운데서 체호프만큼 광범위한 독자층으로부터 사랑을 받은 소설가도, 그리고 셰익스피어 이래로 체호프만큼 세계 곳곳에서 빈번하게 공연되는 극작가도 드물 것이다.

세계 문학사에 엄청난 족적을 남긴 대작가의 성장 환경은 척박했다. 체호프는 1860년 1월 17일, 러시아 남부에 있는 아조프해의 항구 타간로크에서 태어났다. 그의 할아버지는 농노였지만 자신의 힘으로 돈을 모아 자유 시민의 권리를 산 사람이었으며, 아버지는 식료품점을 경영하며 아내와 5남 2녀의 자녀를 거느린 보수적이고 가부장적인 소시민이었다. 어린 체호프는 일찍부터 아버지의 가게 일을 돌봐야 했는데, 이 때문에 학교 성적은 중간을 넘지 못했고 심지어 유급을 하기도 했다. 게다가 체호프가 열여섯 살 되던 해에는 아버지가 파산하여 온 가족이 모스크바의 빈민가로 쫓기듯 떠나가게 되었으며 체호프는 고향에 혼자 남아, 삼 년 후 대학에 가기 위해 모스크바의 가족과 합류할 때까지 가정 교사로 일하면서 고학으로 중학교를 마쳐야 했다. 궁핍한 가계로 인해 1879년 모스크바 대학 의학부에 입학하여 1884년 졸업 후 의사 자격증을 딸 때까지도 그는 공부에만 전념할 수 있는 처지가 아니었다.

체호프가 처음으로 글을 쓰게 된 동기는 예술적인 것과는 거리가 멀었다. 1880년 스무 살 되던 해부터 그는 자신과 가족의 생활비를 벌기 위해서 의학 공부를 하는 틈틈이 싸구려 잡지나 신문에 콩트와 유머 단편들을 기고하기 시작한 것이다. 한 줄에 5코페이카를 쳐주는 원고료를 모아 가족의 생계에 보태기 위해서는 글자 그대로 밤낮없이 글을 써 대야만 했다. 1880년에서 1887년 사이에 그가 쓴 단편 소설, 콩트, 만평이 무려 500여 편에 달한다는 사실은 작가의 놀라운 창작력보다는 이 시절의 고달픈 삶의 풍경을 떠올리게 해 준다.

1885년 문단의 원로인 그리고로비치의 격려를 받는 한편, 당시의 유력지인 《신시대》의 사장 수보린을 만나면서 그의 창

작은 단순한 생계의 방편을 넘어서 보다 진지한 예술적 지향성을 띠게 된다. 그동안 '체혼테', '지라가 없는 사나이' 등의 익살스런 필명으로 유머 소설을 발표하던 체호프는 1886년 「추도식」이라는 단편에서 처음으로 본명을 쓰기 시작한다. 그리고 그해에 발표된 「아뉴타」, 「아가피야」, 「반카」 등에서는 이미 체호프적인 본령의 광채가 드러나기 시작했다. 이전의 단편에서 그가 주로 보여 주었던 것이 삶의 외면적인 희극성이었다면, 이제 그는 그 희극성의 내면에 감추어진 영혼의 고뇌와 애수, 존재의 불가해성을 천착했다.

1888년, 중편 소설 「광야」를 발표하면서 체호프는 이전의 유머 단편 시절로부터 결정적으로 단절한다. 그해 그는 푸시킨 문학상을 수상하면서 일약 문단의 기대를 모으는 신인 작가가 되었으며, 이와 함께 그의 소설은 양적으로도 보다 길어지고 내용에 있어서도 진지함을 더해 가게 되었다. 이러한 전환은 희곡의 경우에도 마찬가지인데, 간간이 재치 있는 경희극들을 발표하던 그가 바로 이 시기부터 「이바노프」(1888), 「숲의 정령」(1889)과 같은 장막극을 쓰기 시작한 것이다.

이름이 알려지고 문단의 기대가 커지면서 체호프는 자신의 창작 방법에 대한 갈등을 심각하게 겪는다. 그때까지 체호프는 사회의 문제를 진단하고 그에 대한 답을 제시하기보다는 문제를 올바르게 제기하는 것으로 작가의 소임을 다한다고 생각했다. 그런데 이러한 태도는 작가를 인민의 정신적 지도자로 여기는 러시아의 독특한 문학 전통과 쉽게 양립할 수 없었다. 실제로 일부 비평가들 가운데는 체호프의 작품 속에 뚜렷

한 주의나 주장이 없으며 주제 의식이 치열하지 못하다고 비난하는 사람들도 있었다. 1890년 4월, 자신의 문명(文名)이 이제 막 세상에 알려지는 시점에서 문학 활동을 접어 둔 채 체호프는 유형지인 사할린섬으로 여행을 떠났다. 그것은 창작 방법론의 위기와 갈등을 타개하기 위한 체호프의 고육책이었는지도 모른다. 시베리아 열차가 완성되어 있지 않은 그 시대에 결핵에 걸린 병든 몸으로 러시아의 서쪽 끝에서 동쪽 끝까지 마차로 달리고 다시 배를 타서 사할린섬으로 들어가는 여행은 무모한 모험에 다름 아니었다. 그러나 체호프는 삼 개월에 걸친 여행 끝에 사할린섬에 도착하여 유형지의 실태를 상세하게 시찰한 다음 팔 개월 뒤인 12월에 해로를 통해서 모스크바로 돌아왔다.

체호프는 이듬해에 수보린과 함께 유럽을 돌아본 후 1892년 모스크바 근교의 멜리호보에 정착했다. 멜리호보에서 지낸 6년간은 체호프가 작가로서만이 아니라 의사이자 사회 활동가로서 가장 왕성한 활동을 벌이던 시기였다. 전염병 방역과 빈민 구제 사업을 위해 분주하게 지역 사회를 돌아다니며 농민들의 실상을 접하게 된 체호프는 비참한 민중에 대한 연민과 무력한 지식인에 대한 회의를 자신의 방식대로 그려 내었으며 그 결과물이 바로 「공포」「대학생」「다락방이 있는 집」「6호실」「농부들」「상자 속의 사나이」 등과 같은 작품들이었다. 그의 4대 희곡 가운데 첫 작품인 「갈매기」(1896)도 이 무렵에 완성되었다.

1898년 결핵의 악화로 심한 객혈을 한 뒤, 그는 남부의 휴양지 얄타로 옮겨갔다. 이때부터 1904년 사망할 때까지 체호프는 자신의 남은 생명력을 남김없이 창작에 바쳤다. 「개를 데리고 다니는 여인」 「골짜기에서」 「주교」 「약혼녀」와 같은 걸작들이 이때 쓰였으며, 「바냐 아저씨」 「세 자매」 등의 장막극이 공연되었다. 그의 마지막 장막극 「벚꽃 동산」은 죽기 바로 전해에 완성된 걸작이었다.

단편 소설의 거장으로서 체호프가 끼친 영향은 당대의 러시아 문학에만 국한되지 않는다. 그를 사랑했던 일반 독자 말고도 수많은 소설가들에게 체호프는 가장 영향력 있는 스승이었다. 캐서린 맨스필드가 체호프를 사숙했다는 것은 널리 알려진 사실이지만, 그 밖에도 셔우드 앤더슨, 제임스 조이스, 버지니아 울프, 어니스트 헤밍웨이, 나딘 고디머 등이 그에게 영감을 받은 작가로 손꼽힌다. 이와 관련하여 흥미로운 예를 하나 더 들기로 하자. 1987년에 출판된 다니엘 헬펀 편 『세계 단편 문학 선집(1945-1985)』에 실린 스물다섯 명의 저명한 현대 작가 중 열 명이 자신의 작품이 체호프의 영향을 받았음을 거론했는데, 이는 헨리 제임스와 제임스 조이스를 거명한 숫자의 두 배에 해당되는 것이었다.

오늘날 체호프는 기 드 모파상과 함께 현대 단편 소설의 형식을 확립한 가장 중요한 작가로 평가되고 있다. 특별히 놀라운 사건을 도입하기보다는 지극히 일상적인 설정 속에서 이야기가 전개된다는 점, 사건이 있더라도 그 자체의 외부적인 측면보다는 사건을 받아들이는 인간의 다양하고 모순된 반응에 주목한다는 점, 대체로 매우 느슨한 플롯인 데다가 그 결말이 미결정의 상태로 끝나고 주인공들도 이에 대해 어리둥절하고 모호한 태도를 취한다는 점, 등장인물들 간의 의사소통의 단절 등 여기서 이루 다 열거할 수는 없지만, 이런 체호프의 특징들은 현대 단편 소설의 출현을 예고하는 핵심적인 징후들이기도 하다. 그러나 대작가로서의 체호프를 무엇보다도 돋보이게 만드는 것은 이야기꾼으로서의 순수한 재능일 터이다. 체호프의 단편 소설 속에는 실로 다양한 환경 속의 다양한 인간들이 살아 숨쉬고 있다. 한때 체호프의 인물들이 천편일률적이라고 폄하했던 서머싯 몸은 훗날 자신의 몰이해를 자인하면서 '그 누구도 체호프처럼 장소와 정경과 인물 간의 대화를 생생하게 느끼게 하는 재능을 가지지 못했다.'고 술회한 바 있다.

물론 궁극적으로 볼 때 체호프의 심원한 세계를 일의적으로 규정하는 것은 별 의미가 없다. 체호프는 한없이 차갑지만 따뜻하고 단호하지만 부드럽다. 그의 익살 뒤에는 천근 같은 우수가 기대어 있다. 그의 페시미즘 속에는 질긴 낙관이 숨쉰다. 그의 비밀은 가장 단순하기에 결코 알아낼 수 없다.

「관리의 죽음」(1885)은 체혼테 시절의 걸작 가운데 하나다. 아주 사소한 사건이 주인공의 어리석음 때문에 점점 걷잡을 수 없이 확대되는 메커니즘은 체호프의 유머 소설 속에서 자주 등장하는데, 그중에서도 이 작품은 그 희극성과 절묘한 템포에 있어서 백미라고 할 수 있다. 작품 말미의 '……그리고 그는 죽었다'는 체호프의 고정 관념과도 같은 문장이다. 유머 소설이든 진지한 소설이든 간에, 체호프는 우여곡절 끝에 주인공이 죽는 장면에서 결코 머뭇거리지 않는다. 마치 환자를 살리기 위해 이리저리 손쓰던 의사가, 환자가 죽자 그 얼굴에 시트를 덮어 버리고 방을 나서듯 체호프는 망설임 없이 죽은 주인공으로부터 시선을 거두곤 하는 것이다. 하긴 체호프 자신이 의사이기도 했다. 비록 짧은 분량이긴 하지만 삶의 찰나성, 그 환희와 누추함이 극명하게 대비되고 있는 이 작품은 체호프 문학의 특성이 극도로 축약되어 있는 미니어처처럼 보인다.

「공포」(1892)는 이른바 멜리호보 시절의 첫해에 쓰인 작품이다. 사할린에서의 1년여에 걸친 자료 수집 활동과 이듬해의 유럽 여행 이후 다시 시작된 그의 소설 속에서는 사회적인 문제나 실존적인 문제들에 대한 주인공들의 진지한 대화 장면들이 자주 눈에 띈다. 주로 지식 계급이 주인공이 되어 벌이는 이런 대화는 이전의 작품들에서는 보이지 않던 요소로서, 이는 작품의 사상성이나 주제 의식이 결여되었음을 질책하는 주변 사람들에 대해 체호프가 느꼈던 압박감이 반영된 것이기도 하지만, 이 무렵 활발한 사회 활동을 하면서 작가 스스로도 예전의 무명 시절과는 다른 자세로 인간과 사회에 대해 고민하고 있음을 보여 주는 것이기도 하다. 주인공 실린은 아내와 친구에게 배신당하지만 이를 전혀 놀라운 사실로 받아들이지 않는다. 그의 불행은 삶의 불가해성에 대한 근원적인 공포에서 연원하는 것이기 때문이다. 불륜이라는 표면적인 사건이 마치 배경 역할을 하고, 주인공의 형이상학적인 질문이

전면으로 부각되는 이러한 구성 방식은 전통적인 소설의 구성을 역전시킨 형태라는 점에도 주목할 필요가 있다.

「베짱이」(1891)는 좀처럼 사생활에서 소재를 취하지 않았던 체호프가 드물게도 자신의 주변 사람들을 모델로 하여 쓴 작품이다. 작중의 화가 랴보프스키는 체호프의 친구인 화가 레비탄을, 그리고 여주인공 올가는 실제로 의사였던 쿱쉰니코프의 아내를 모델로 삼은 것이다. 특히 올가의 말투라든가 그녀의 집에서 열린 저녁 파티 장면 등은 실제의 상황과 대단히 흡사했다고 하며, 체호프는 이 작품 때문에 절친한 친구였던 레비탄과 한동안 불화를 겪어야만 했다. 체호프의 소설들 속에서 여주인공이 긍정적으로 그려지는 경우는 매우 드문데, 이는 올가의 경우에도 마찬가지다. 올가는 이솝우화에서의 베짱이처럼 인생의 겨울이 다가온 뒤에야 자신의 잘못을 깨닫는다. 그리고 이런 그녀의 허영심과 어리석음을 조명하는 체호프의 시선은 차갑다 못해서 무자비할 정도이다. 하지만 「귀여운 여인」에서와 마찬가지로 이 작품에서도 여성의 심리와 행태에 대한 체호프의 놀라운 관찰력이 번뜩이고 있음을 부인할 수 없을 것이다.

「드라마」(1887)는 일종의 희극적 막간극으로 수록한 것이긴 하지만 나름대로 체호프 소설의 중요한 기법을 엿볼 수 있는 작품이라는 의미도 있다. 작가이자 의사였던 체호프는 가수 상태, 혹은 무의식 상태에 놓여 있는 인간의 정신 활동에 대해 깊은 흥미를 느꼈던 것 같다. 사물의 형태가 왜곡되거나 과장되며 인간의 말이 의미 없는 소음으로 바뀌는 기묘한 상황은 「티푸스」 「거울」 그리고 이 책에는 실리지 않았지만 「구세프」 「자고 싶어라」 같은 작품들 속에서도 발견된다.

「베로치카」(1887)는 체호프의 섬세한 서정성이 발휘되고 있는 작품이다. 「공포」에서와 마찬가지로 남녀 관계의 영원한 불가사의라는 주제가 이 작품의 한 모티프이지만, 그보다는 평화로운 시골의 저녁 풍경에 대한 풍요롭고 서정적인 묘사가 눈길을 끄는 작품이다.

「미녀」(1888)는 아름다움의 본질에 관한 명상을 담고 있다. 여성의 미를 이처럼 멋지게 묘사한 산문을 만나기도 힘들 것이다. 두 미녀가 등장한다. 하나는 아르메니아의 전형적인 미녀이지만, 두 번째 등장하는 러시아 처녀는 상식적인 기준으로는 미녀가 아니다. 그러나 판이한 생김새의 두 미녀는 하나의 공통된 특징을 갖고 있다. 요컨대 보는 사람의 마음속에 알 수 없는 슬픔을 불러일으킨다는 것이다. 체호프가 보여 준 그대로를 순수하게 받아들이는 것이 이들의 아름다움을 온전히 이해하는 가장 좋은 방법이겠지만 굳이 사족을 붙이자면 이런 얘기가 아닐까? 살아 생동하기에 아름답다. 그리고 그것이 영원하지 않기에.

「거울」(1885)은 『삼국유사』 중의 조신(調信) 설화나 이를 소설화한 이광수의 『꿈』과 비교해서 보면 재미있을 것이다. 조신 설화의 내용은 이렇다. 낙산사의 조신이라는 중이 태수의 딸을 사모하여 관음보살에게 기도한 끝에 그 사랑이 이루어졌다. 하지만 그녀와 함께 지낸 40년간은 쓰디쓴 고난의 세월일 뿐이었다. 함께 있으면서 몹쓸 고생을 하느니 따로 떨어져 각자의 삶을 도모하는 것이 낫겠다 싶어 아내와 헤어진 조신은 막 길을 떠나는 순간 잠에서 깨어난다. 태수의 딸과 지낸 40년의 세월이 불당 안에서 깜박 졸았던 하룻밤의 꿈이었던 것이다. 여기서 주인공이 꿈속에서 한세상을 살다가 깨어난다는 구도는 체호프의 작품과 흡사하다. 그러나 조신의 설화나 이광수의 「꿈」이 세속적 욕망의 무상함이라는 종교적 메시지에 경사되어 있다면, 체호프의 작품에서는 꿈속의 낯설고 비논리적인 세계에 대한 독특한 묘사가 보다 눈길을 끈다.

「내기」(1888)는 고딕 소설의 괴기스럽고 환상적인 분위기를 연상시키는데, 이는 기본적으로 리얼리스트였던 체호프의 작품 경향에 비추어볼 때 다소 색다른 소재이다. 사실 '감옥에 유폐된 한 인간이 엄청난 독서와 구도의 노력을 통해 궁극의 진리에 이른다'는 내용은 그다지 체호프답지 않다. 대개 체호프의 주인공들은 궁극의 진리를 갈망하지만 결코 그것에 도달하지 못한다. 이들에게 유일한 진리는 아무것도 '알 수 없고, 이해할 수 없다'는 것일 뿐이다.

「티푸스」(1887)는 갑자기 중병에 걸렸다가 가까스로 살아난 한 젊은이의 체험을 놀라울 만큼 생생하게 재현하고 있다. 육체적인 이상은 멀쩡한 젊은이의 지각과 의식을 대혼돈의 상태에 빠뜨린다. 특히 혼수상태에서 깨어난 주인공이 자기 때문에 누이가 죽었다는 사실을 알고도 이를 실감하지 못한 채 동물적인 생존의 기쁨에 굴복하는 장면은 대단히 충격적이다. 의사인 체호프에게 인간의 육체는 이처럼 정신을 압도할 수도 있는 엄연한 실체인 것이다. 「드라마」에서와 마찬가지로 이 작품에서도, 가사 상태의 인간에게 벌어지는 이상 현상에 대한 체호프의 비상한 관심이 반영되어 있다.

「주교」(1902)는 체호프가 죽기 2년 전에 쓰인 걸작이다. 이미 몇 차례의 심한 객혈을 겪으면서 극도로 쇠약해진 체호프는 이 작품이 완성될 무렵에 자신의 생명이 얼마 남지 않았음을 명확히 예감하고 있었다. 그런 점에서 생의 마지막 순간에 자신의 지난 삶과 닥쳐올 죽음을 응시하는 주교의 모습에는 작가 자신의 모습이 짙게 투영되어 있다고 볼 수 있을 것이다. 생전에 수많은 사람들의 정신적인 지도자로 존경받던 주교였지만 죽은 뒤에는 사람들의 기억에서 순식간에 잊혀 버린다. 그리고 주교의 삶과 죽음 따위는 당초부터 이 세상과 아무 상관이 없었다는 듯 남아 있는 자들의 삶은 예전처럼 계속된다. 이는 주교 자신에게도 마찬가지다. 주교는 주변 사람들, 심지어는 친어머니조차도 낯설게 느끼며 고위 성직자로서의 자신의 삶이 과연 어떤 의미를 가지는지에 대한 확신도 없이 죽어 간다. 주교는 시소이 신부에 대해, 그가 과연 신을 믿는지, 왜 수도승이 됐는지 알 수 없다고 생각하지만, 사실 그것은 주교 자신에 대한 질문이기도 하다. 그러나 의식을 잃기 직전에 주교는 생각한다. '정말 좋다!' 그리고 새처럼 자유로운 상태를 느낀다. 그 순간에 주교가 깨달은 것은 무엇일까? 작가는 그에 대해 구체적인 설명을 덧붙이지 않는다. 다만 작가는 주교의 저 세계와 남은 사람들의 이 세계가 서로 등을 돌리고 갈라져 나가는 신비스런 광경을 담담히 보여 줄 뿐이다. 저 세계에서의 이야기는 물론 작가인 체호프의 일이 아니다.

앞서 체호프가 창작 초기의 '체혼테' 시절에 생계를 위해 수백 편의 유머 단편들을 닥치는 대로 썼다고 했지만, 그 가운데에서도 상당수의 작품은 이 분야의 걸작으로 손꼽힌다. 또한 1887년 이후에 쓴, 보다 길고 진지한 80여 편의 작품들은 그 하나하나가 대표작이라고 해도 지나침이 없을 만큼 매력적이고 뛰어난 작품들이다. 이런 까닭으로 그중 몇 편을 골라 한 권의 책을 낸다는 것은 쉬운 일이 아니었다. 그래서 역자는 이제까지 한국에서 번역되지 않은 작품들을 대상으로 삼는다는 나름의 기준을 세웠다. 이 선집을 통해서 그동안 숨겨졌던 체호프의 새로운 매력을 발견하는 데 도움이 되기를 바란다.

게재 순서는 발표 연도순을 따르지 않았으며 한 권의 책으로 즐겁게 읽힐 수 있도록 역자 나름의 요량에 맞추어 배열했다. 번역 대본으로는 나우카 출판사에서 간행된 30권짜리 『체호프 전집』(1983)을 사용했다.

작가 연보

1860년 러시아 구력으로 1월 17일, 남부 러시아, 아조프해(海)에 접해 있는 항구 도시 타간로크에서 식료품 잡화점을 경영하는 파벨 체호프의 5남 2녀 중 셋째 아들로 태어났다.

1867년 그리스계 교회의 부속 학교에 입학했다.

1869년 타간로크의 김나지야(8년제 중학교 과정)에 입학했다.

1872년 수학과 지리 성적의 부진으로 낙제했다.

1873년 가을, 처음으로 극장에 가서 오펜바흐의 오페레타 「아름다운 엘레나」를 관람했다. 이때부터 이따금 극장에 출입했다.

1875년 맏형 알렉산드르와 둘째 형 니콜라이가 진학을 위해 모스크바로 떠났다. 알렉산드르는 모스크바 대학교 물리 수학과에, 니콜라이는 미술 학교에 진학했다.

1876년 4월에 아버지가 파산하여 일가족이 모스크바의 빈민가로 이주했다. 체호프는 가정 교사로 고학하면서 중학교를 졸업할 때까지 고향에 남았다.

1879년 6월 김나지야를 졸업하고 대학 입학 자격을 취득했다. 시 자치회의 장학금을 받게 되어 9월에 모스크바 대학 의학부에 입학했다. 이해 말부터 유머 잡지에 투고하기 시작했다.

1880년 최초의 단편 「이웃에 사는 학자에게 보내는 편지」가 페테르부르크의 주간지 《잠자리》에 게재되었다. 이후 칠 년간, 안토샤 체혼테, 루베르 등의 필명으로 주간지나 신문에 유머 소품을 기고했다. 연말에 《잠자리》의 편집자로부터 혹평을 받고 반년가량 집필을 중단했다.

1881년 4막의 희곡 「플라토노프」를 써서 여배우 예르몰로바에게 상연 가능성을 타진했으나 거절당했다.

1882년 10월, 유머 주간지 《오스콜키(단편들)》의 발행자 레이킨과 알게 되었다. 이후 오 년에 걸쳐서 약 300여 편의 소품을 이 잡지에 기고했다.

1883년 다윈의 진화론에 기초한 논문 「성(性)적 권위의 역사」를 구상했다. 「기쁨」 「관리의 죽음」 「일그러진 거울」 등을 발표했다.

1884년 6월, 모스크바 대학 의학부를 졸업했다. 여름에 보스크레센스크의 군 자치회 병원에 근무했다. 9월에 의사로 개업했다. 12월, 최초의 객혈을 했다. 최초의 유머 단편

집 『멜리포메나 이야기』를 자비로 출판했다. 단편 「카멜레온」「앨범」「감」 등을 발표하고 장편 「사냥터의 비극」을 신문에 연재했다.

1885년 레이킨의 소개로 《페테르부르크 신문》에 기고하기 시작했다. 5월에 키셀료프가의 영지인 바브키노에서 지내는 동안 인상파 화가 레비탄을 만났다. 12월 레이킨과 함께 페테르부르크로 가서 문단의 원로인 그리고로비치와 보수파 신문 《신시대》의 사장 수보린을 방문하여 대환영을 받았다. 「하사관 프리시체프」「비애」「무도회의 음악사」「거울」「손님」「너무 짜다」 등을 발표했다.

1886년 《신시대》 지에 단편 「추도식」을 처음으로 본명으로 발표했다. 3월에 그리고로비치로부터 찬사와 격려의 편지를 받았다. 4월에 두 번째 객혈을 했다. 이 무렵 톨스토이주의에 관심을 보이기 시작했다. 이해부터 1890년까지 (지금 체호프 기념관이 세워져 있는) 사도바야 크돌린스카야 거리에 거주했다. 「발견」「우수」「아뉴타」「아가피야」「수령」「반카」 등이 수록된 단편집 『잡화집』을 출판했다.

1887년 4월 고향인 러시아 남부로 여행을 떠났다. 단편집 『황혼』을 출판했다. 9월에 4막 희곡 「이바노프」를 집필하여 11월, 코르쉬 극장에서 상연했다. 「적」「베로치카」「입맞춤」「카슈탄카」 등을 발표했다.

1888년 1월에 월간지 《북방통보》에 「광야」를 발표했다. 3월에 소설가 가르신이 자살하자 이에 큰 충격을 받았다. 중편 「등불」을 집필했다. 10월에 러시아 학술원으로부터 푸시킨 상을 수상했다. 12월, 차이코프스키와 교우했다. 「자고 싶어라」 「미녀」 「명명일 파티」 「발작」과 단막극 「곰」 「청혼」 등을 발표했다.

1889년 1월에 페테르부르크에서 유부녀인 여성 작가 리디야 아빌로바와 교우했다. 희곡 「이바노프」를 개작하여 알렉산드린스키 극장에서 상연했다. 6월에 화가인 둘째 형 니콜라이가 폐결핵으로 사망했다. 7, 8월 사이에 중편 「지루한 이야기」를 집필했다. 12월에는 그동안 틈틈이 써왔던 4막 희곡 「숲의 정령」(「바냐 아저씨」의 원형)이 아브라모바 극장에서 상연되었지만 혹평을 받았다. 단편 「공작 부인」 「내기」와 단막극 「결혼식」 등을 집필했다.

1890년 3월에 단편집 『우울한 사람들』을 출판했다. 4월에 마차로 시베리아를 횡단하여 사할린으로 여행을 떠났다. 7월에 사할린섬에 도착하여 이후 삼 개월간 유형지의 실태를 조사했다. 10월, 사할린을 출발하여 해로로 동중국해, 인도양, 수에즈 운하를 경유하여 12월 초순에 모스크바로 귀환했다. 단편 「도적들」 「구세프」와 인상기 「시베리아 여행」을 발표했다.

1891년 3, 4월에 수보린과 함께 남부 유럽을 여행했다. 중편 「결투」를 발표했다. 사할린에서의 조사 활동에 대한 보고서인 「사할린섬」을 집필했다. 가을에는 대기근으로 인한 난민들을 구제하는 사업에 전력을 다했다. 「아낙네들」「결투」와 단막극 「창립 기념일」 등을 발표했다.

1892년 1월에 아빌로바와 재회했다. 니제고로드, 보로네즈의 기근 구제 활동에 참여했다. 3월에 멜리호보에 땅을 구입하여 일가족을 데려왔으며 여름에 콜레라가 유행하자 의사로서 방역 사업에 참가했다.

11월, 「6호실」을 《러시아 사상》 지에 발표하여 큰 반향을 불러일으켰다. 「아내」「음탕한 여인」「이웃들」 등을 발표했다.

1894년 3월에 얄타에 체류하는 동안 심장 이상을 겪었다. 9, 10월에 밀라노, 니스 등 남부 유럽을 여행했다. 「검은 옷의 수도사」「여인 왕국」「로스차일드의 바이올린」「대학생」「문학 교사」 등을 발표했다.

1895년 2월에 아빌로바를 방문했다. 8월에 처음으로 톨스토이를 방문했다. 11월에 희곡 「갈매기」를 집필했다. 「3년」「아리아드네」「살인」「목 위의 안나」 등을 발표했다.

1896년 4월에 「우리의 인생」을 집필했다. 8월에 멜리호보 근교의 탈레슈 마을에 초등학교를 지어 기증했다. 8, 9월에 카프카스와 크림 반도를 여행했다. 10월에 알렉산드린스키 극장에서 「갈매기」가 초연되었지만 대실패로 끝났다. 「다락방이 있는 집」을 발표했다.

1897년 멜리호보 근교의 노보세르키 마을에 초등학교를 지어 기증했다. 3월에 모스크바에서 수보린과 만나 식사를 하던 중 심하게 객혈하여 입원했다. 4월에 《러시아 사상》 지에 「농부들」을 발표했다. 9월, 요양을 위해 니스로 출발하여 1898년 3월까지 체류했다. 단편 「고향에서」 「짐마차」 등을 발표했다.

1898년 1월에 작품의 권한을 출판업자 마르크스에게 매각했다. 3, 4월 얄타에서 고리키와 교우하는 한편, 쿠프린, 부닌 같은 작가와도 교류했다. 4월에 모스크바 예술 극장의 여배우 올가 크니페르를 방문하여 급속히 가까워졌다. 5월에 아빌로바와 이별했다. 8월에 얄타의 새 집으로 이사했다. 10월에 모스크바 예술 극장에서 「바냐 아저씨」를 초연했다. 「진료 중에」 「귀여운 여인」 「개를 데리고 다니는 여인」등을 발표했다.

1900년 1월에 톨스토이, 코를렌코와 함께 학술원 명예회원으로 선출되었다. 4월, 얄타에서 요양 중인 그에게 모스크바 예술 극장 단원들이 위문차 찾아와 「바냐 아저씨」를 상연했다. 8월부터 본격적으로 「세 자매」를 집필했다. 이 무렵 올가 크니페르에게 자주 편지를 보냈다. 단편 「골짜기」를 발표했다.

1901년 1월에 모스크바 예술 극장에서 「세 자매」를 초연했다. 올가 크니페르와 결혼했다. 8월에 유서를 작성했다. 가을에 고리키, 톨스토이, 발몬트 등과 교류했다. 12월에 객혈했다.

1902년 4월에 페테르부르크에서 아내 크니페르가 발병하자, 이를 간호하다가 과로로 객혈했다. 6월에 희곡 「벚꽃 동산」을 구상했다. 8월에 고리키의 학술원 명예 회원 자격 박탈에 대한 항의로 자신도 명예 회원직을 사퇴

했다. 10월에 최후의 단편 소설 「약혼녀」를 집필했다.

1903년 1월에 발병했다. 여름부터 「벚꽃 동산」의 집필에 착수하여 10월에 탈고했다. 12월, 「벚꽃 동산」의 상연을 위해 모스크바로 향했다.

1904년 1월에 모스크바 예술 극장에서 「벚꽃 동산」을 초연했다. 2월에 알타로 돌아오지만 폐막염의 악화로 6월에 요양을 위해서 아내 크니페르와 함께 남부 독일의 바덴바일러로 떠났다. 병세는 호전되지 않고 7월 2일 오전 3시에 장결핵으로 생을 마쳤다. 마지막으로 남긴 말은 '이히 슈테르베.(Ich sterbe.)', 즉 '나는 죽는다.'라는 독일어였고 유해는 모스크바 노보제비치 수도원의 묘지에 안장되었다.

세계문학전집 70

체호프 단편선

1판 1쇄 펴냄 2002년 11월 20일
1판 66쇄 펴냄 2024년 5월 14일

지은이 안톤 체호프
옮긴이 박현섭
발행인 박근섭, 박상준
펴낸곳 (주)민음사

출판등록 1966. 5. 19. (제 16-490호)
서울특별시 강남구 도산대로1길 62(신사동) 강남출판문화센터 5층 (우편번호 06027)
대표전화 02-515-2000 팩시밀리 02-515-2007
www.minumsa.com

ISBN 978-89-374-6070-8 04800
ISBN 978-89-374-6000-5 (세트)

민음사 세계문학전집

세계문학전집 목록

1·2 **변신 이야기 오비디우스 · 이윤기 옮김** 서울대 권장도서 100선

3 **햄릿 셰익스피어 · 최종철 옮김** 서울대 권장도서 100선 | 미국대학위원회 선정 SAT 추천도서

4 **변신 · 시골의사 카프카 · 전영애 옮김** 서울대 권장도서 100선

5 **동물농장 오웰 · 도정일 옮김** 미국대학위원회 선정 SAT 추천도서 | 《타임》 선정 현대 100대 영문소설

6 **허클베리 핀의 모험 트웨인 · 김욱동 옮김** 《뉴스위크》 선정 100대 명저

7 **암흑의 핵심 콘래드 · 이상옥 옮김** 미국대학위원회 선정 SAT 추천도서 | 《뉴스위크》 선정 10대 명저

8 **토니오 크뢰거 · 트리스탄 · 베네치아에서의 죽음 토마스 만 · 안삼환 외 옮김** 노벨 문학상 수상 작가

9 **문학이란 무엇인가 사르트르 · 정명환 옮김**

10 **한국단편문학선 1 김동인 외 · 이남호 엮음** 국립중앙도서관 선정 청소년 권장도서

11·12 **인간의 굴레에서 서머싯 몸 · 송무 옮김**

13 **이반 데니소비치, 수용소의 하루 솔제니친 · 이영의 옮김** 노벨 문학상 수상 작가

14 **너새니얼 호손 단편선 호손 · 천승걸 옮김**

15 **나의 미카엘 오즈 · 최창모 옮김**

16·17 **중국신화전설 위앤커 · 전인초, 김선자 옮김**

18 **고리오 영감 발자크 · 박영근 옮김**

19 **파리대왕 골딩 · 유종호 옮김** 노벨 문학상 수상 작가 | 《타임》 선정 현대 100대 영문소설

20 **한국단편문학선 2 김동리 외 · 이남호 엮음**

21·22 **파우스트 괴테 · 정서웅 옮김** 서울대 권장도서 100선 | 미국대학위원회 선정 SAT 추천도서

23·24 **빌헬름 마이스터의 수업시대 괴테 · 안삼환 옮김**

25 **젊은 베르테르의 슬픔 괴테 · 박찬기 옮김** 논술 및 수능에 출제된 책(1998~2005)

26 **이피게니에 · 스텔라 괴테 · 박찬기 외 옮김**

27 **다섯째 아이 레싱 · 정덕애 옮김** 노벨 문학상 수상 작가

28 **삶의 한가운데 린저 · 박찬일 옮김**

29 **농담 쿤데라 · 방미경 옮김**

30 **야성의 부름 런던 · 권택영 옮김**

31 **아메리칸 제임스 · 최경도 옮김**

32·33 **양철북 그라스 · 장희창 옮김** 노벨 문학상 수상 작가 | 서울대 권장도서 100선

34·35 **백년의 고독 마르케스 · 조구호 옮김** 노벨 문학상 수상 작가 | 서울대 권장도서 100선

36 **마담 보바리 플로베르 · 김화영 옮김** 서울대 권장도서 100선

37 **거미여인의 키스 푸익 · 송병선 옮김**

38 **달과 6펜스 서머싯 몸 · 송무 옮김**

39 **폴란드의 풍차 지오노 · 박인철 옮김**

40·41 **독일어 시간 렌츠 · 정서웅 옮김**

42 **말테의 수기 릴케 · 문현미 옮김**

43 **고도를 기다리며 베케트 · 오증자 옮김** 노벨 문학상 수상 작가 | 서울대 권장도서 100선

44 **데미안 헤세 · 전영애 옮김** 노벨 문학상 수상 작가

45 **젊은 예술가의 초상 조이스 · 이상옥 옮김** 서울대 권장도서 100선

46 **카탈로니아 찬가 오웰 · 정영목 옮김**

47 **호밀밭의 파수꾼 샐린저 · 정영목 옮김** 《타임》 선정 현대 100대 영문소설 | 미국대학위원회 선정 SAT 추천도서 | 《뉴스위크》 선정 100대 명저 | BBC 선정 꼭 읽어야 할 책

48·49 **파르마의 수도원 스탕달 · 원윤수, 임미경 옮김**

50 **수레바퀴 아래서 헤세 · 김이섭 옮김** 노벨 문학상 수상 작가 | 국립중앙도서관 선정 청소년 권장도서

51·52 **내 이름은 빨강** 파묵 · 이난아 옮김 노벨 문학상 수상 작가
53 **오셀로** 셰익스피어 · 최종철 옮김 서울대 권장도서 100선
54 **조서** 르 클레지오 · 김윤진 옮김 노벨 문학상 수상 작가
55 **모래의 여자** 아베 코보 · 김난주 옮김
56·57 **부덴브로크 가의 사람들** 토마스 만 · 홍성광 옮김 노벨 문학상 수상 작가
58 **싯다르타** 헤세 · 박병덕 옮김 노벨 문학상 수상 작가
59·60 **아들과 연인** 로렌스 · 정상준 옮김 《뉴스위크》 선정 100대 명저
61 **설국** 가와바타 야스나리 · 유숙자 옮김 노벨 문학상 수상 작가 | 서울대 권장도서 100선
62 **벨킨 이야기 · 스페이드 여왕** 푸슈킨 · 최선 옮김
63·64 **넙치** 그라스 · 김재혁 옮김 노벨 문학상 수상 작가
65 **소망 없는 불행** 한트케 · 윤용호 옮김 노벨 문학상 수상 작가
66 **나르치스와 골드문트** 헤세 · 임홍배 옮김 노벨 문학상 수상 작가
67 **황야의 이리** 헤세 · 김누리 옮김 노벨 문학상 수상 작가
68 **페테르부르크 이야기** 고골 · 조주관 옮김
69 **밤으로의 긴 여로** 오닐 · 민승남 옮김 노벨 문학상 수상 작가 | 미국대학위원회 선정 SAT 추천도서
70 **체호프 단편선** 체호프 · 박현섭 옮김
71 **버스 정류장** 가오싱젠 · 오수경 옮김 노벨 문학상 수상 작가
72 **구운몽** 김만중 · 송성욱 옮김 서울대 권장도서 100선 | 국립중앙도서관 선정 청소년 권장도서
73 **대머리 여가수** 이오네스코 · 오세곤 옮김
74 **이솝 우화집** 이솝 · 유종호 옮김 논술 및 수능에 출제된 책(1998~2005)
75 **위대한 개츠비** 피츠제럴드 · 김욱동 옮김 《타임》 선정 현대 100대 영문소설
76 **푸른 꽃** 노발리스 · 김재혁 옮김
77 **1984** 오웰 · 정회성 옮김 《타임》 선정 현대 100대 영문소설 | 《뉴스위크》 선정 100대 명저
78·79 **영혼의 집** 아옌데 · 권미선 옮김
80 **첫사랑** 투르게네프 · 이항재 옮김
81 **내가 죽어 누워 있을 때** 포크너 · 김명주 옮김 노벨 문학상 수상 작가
82 **런던 스케치** 레싱 · 서숙 옮김 노벨 문학상 수상 작가
83 **팡세** 파스칼 · 이환 옮김
84 **질투** 로브그리예 · 박이문, 박희원 옮김
85·86 **채털리 부인의 연인** 로렌스 · 이인규 옮김
87 **그 후** 나쓰메 소세키 · 윤상인 옮김
88 **오만과 편견** 오스틴 · 윤지관, 전승희 옮김 미국대학위원회 선정 SAT 추천도서
89·90 **부활** 톨스토이 · 연진희 옮김 논술 및 수능에 출제된 책(1998~2005)
91 **방드르디, 태평양의 끝** 투르니에 · 김화영 옮김
92 **미겔 스트리트** 나이폴 · 이상옥 옮김 노벨 문학상 수상 작가
93 **페드로 파라모** 룰포 · 정창 옮김
94 **차라투스트라는 이렇게 말했다** 니체 · 장희창 옮김 국립중앙도서관 선정 청소년 권장도서
95·96 **적과 흑** 스탕달 · 이동렬 옮김 국립중앙도서관 선정 청소년 권장도서
97·98 **콜레라 시대의 사랑** 마르케스 · 송병선 옮김 노벨 문학상 수상 작가 | BBC 선정 꼭 읽어야 할 책
99 **맥베스** 셰익스피어 · 최종철 옮김 서울대 권장도서 100선 | 미국대학위원회 선정 SAT 추천도서
100 **춘향전** 작자 미상 · 송성욱 풀어 옮김 서울대 권장도서 100선
101 **페르디두르케** 곰브로비치 · 윤진 옮김
102 **포르노그라피아** 곰브로비치 · 임미경 옮김
103 **인간 실격** 다자이 오사무 · 김춘미 옮김
104 **네루다의 우편배달부** 스카르메타 · 우석균 옮김

105·106 이탈리아 기행 괴테 · 박찬기 외 옮김
107 나무 위의 남작 칼비노 · 이현경 옮김
108 달콤 쌉싸름한 초콜릿 에스키벨 · 권미선 옮김
109·110 제인 에어 C. 브론테 · 유종호 옮김 BBC 선정 꼭 읽어야 할 책
111 크눌프 헤세 · 이노은 옮김 노벨 문학상 수상 작가
112 시계태엽 오렌지 버지스 · 박시영 옮김 《타임》 선정 현대 100대 영문소설 | 《뉴스위크》 선정 100대 명저
113·114 파리의 노트르담 위고 · 정기수 옮김 미국대학위원회 선정 SAT 추천도서
115 새로운 인생 단테 · 박우수 옮김
116·117 로드 짐 콘래드 · 이상옥 옮김 《뉴스위크》 선정 100대 명저
118 폭풍의 언덕 E. 브론테 · 김종길 옮김 미국대학위원회 선정 SAT 추천도서
119 텔크테에서의 만남 그라스 · 안삼환 옮김 노벨 문학상 수상 작가
120 검찰관 고골 · 조주관 옮김
121 안개 우나무노 · 조민현 옮김
122 나사의 회전 제임스 · 최경도 옮김 미국대학위원회 선정 SAT 추천도서
123 피츠제럴드 단편선 1 피츠제럴드 · 김욱동 옮김
124 목화밭의 고독 속에서 콜테스 · 임수현 옮김
125 돼지꿈 황석영
126 라셀라스 존슨 · 이인규 옮김
127 리어 왕 셰익스피어 · 최종철 옮김 서울대 권장도서 100선 | 《뉴스위크》 선정 100대 명저
128·129 쿠오 바디스 시엔키에비츠 · 최성은 옮김 노벨 문학상 수상 작가
130 자기만의 방 · 3기니 울프 · 이미애 옮김
131 시르트의 바닷가 그라크 · 송진석 옮김
132 이성과 감성 오스틴 · 윤지관 옮김
133 바덴바덴에서의 여름 치프킨 · 이장욱 옮김
134 새로운 인생 파묵 · 이난아 옮김 노벨 문학상 수상 작가
135·136 무지개 로렌스 · 김정매 옮김
137 인생의 베일 서머싯 몸 · 황소연 옮김
138 보이지 않는 도시들 칼비노 · 이현경 옮김
139·140·141 연초 도매상 바스 · 이운경 옮김 《타임》 선정 현대 100대 영문소설
142·143 플로스 강의 물방앗간 엘리엇 · 한애경, 이봉지 옮김 미국대학위원회 선정 SAT 추천도서
144 연인 뒤라스 · 김인환 옮김
145·146 이름 없는 주드 하디 · 정종화 옮김
147 제49호 품목의 경매 핀천 · 김성곤 옮김 《타임》 선정 현대 100대 영문소설
148 성역 포크너 · 이진준 옮김 노벨 문학상 수상 작가 | 퓰리처상 수상 작가
149 무진기행 김승옥
150·151·152 신곡(지옥편 · 연옥편 · 천국편) 단테 · 박상진 옮김 《뉴스위크》 선정 100대 명저
153 구덩이 플라토노프 · 정보라 옮김
154·155·156 카라마조프가의 형제들 도스토옙스키 · 김연경 옮김
157 지상의 양식 지드 · 김화영 옮김 노벨 문학상 수상 작가
158 밤의 군대들 메일러 · 권택영 옮김 퓰리처상 수상 작가
159 주홍 글자 호손 · 김욱동 옮김 서울대 권장도서 100선 | 미국대학위원회 선정 SAT 추천도서
160 깊은 강 엔도 슈사쿠 · 유숙자 옮김
161 욕망이라는 이름의 전차 윌리엄스 · 김소임 옮김
162 마사 퀘스트 레싱 · 나영균 옮김 노벨 문학상 수상 작가
163·164 운명의 딸 아옌데 · 권미선 옮김

165 모렐의 발명 비오이 카사레스 · 송병선 옮김
166 삼국유사 일연 · 김원중 옮김 서울대 권장도서 100선
167 풀잎은 노래한다 레싱 · 이태동 옮김 노벨 문학상 수상 작가
168 파리의 우울 보들레르 · 윤영애 옮김
169 포스트맨은 벨을 두 번 울린다 케인 · 이만식 옮김
170 썩은 잎 마르케스 · 송병선 옮김 노벨 문학상 수상 작가
171 모든 것이 산산이 부서지다 아체베 · 조규형 옮김 《타임》 선정 현대 100대 영문소설
172 한여름 밤의 꿈 셰익스피어 · 최종철 옮김 미국대학위원회 선정 SAT 추천도서
173 로미오와 줄리엣 셰익스피어 · 최종철 옮김 미국대학위원회 선정 SAT 추천도서
174·175 분노의 포도 스타인벡 · 김승욱 옮김 노벨 문학상 수상 작가 | 《타임》 선정 현대 100대 영문소설
176·177 괴테와의 대화 에커만 · 장희창 옮김
178 그물을 헤치고 머독 · 유종호 옮김 《타임》 선정 현대 100대 영문소설
179 브람스를 좋아하세요... 사강 · 김남주 옮김
180 카타리나 블룸의 잃어버린 명예 하인리히 뵐 · 김연수 옮김 노벨 문학상 수상 작가
181·182 에덴의 동쪽 스타인벡 · 정회성 옮김 노벨 문학상 수상 작가
183 순수의 시대 워튼 · 송은주 옮김 《뉴스위크》 선정 100대 명저 | 퓰리처상 수상작
184 도둑 일기 주네 · 박형섭 옮김
185 나자 브르통 · 오생근 옮김
186·187 캐치-22 헬러 · 안정효 옮김 《타임》 선정 현대 100대 영문소설
188 숄로호프 단편선 숄로호프 · 이항재 옮김 노벨 문학상 수상 작가
189 말 사르트르 · 정명환 옮김
190·191 보이지 않는 인간 엘리슨 · 조영환 옮김 《타임》 선정 현대 100대 영문소설
192 왑샷 가문 연대기 치버 · 김승욱 옮김 퓰리처상 수상 작가
193 왑샷 가문 몰락기 치버 · 김승욱 옮김 퓰리처상 수상 작가
194 필립과 다른 사람들 노터봄 · 지명숙 옮김
195·196 하드리아누스 황제의 회상록 유르스나르 · 곽광수 옮김
197·198 소피의 선택 스타이런 · 한정아 옮김 퓰리처상 수상 작가
199 피츠제럴드 단편선 2 피츠제럴드 · 한은경 옮김
200 홍길동전 허균 · 김탁환 옮김
201 요술 부지깽이 쿠버 · 양윤희 옮김
202 북호텔 다비 · 원윤수 옮김
203 톰 소여의 모험 트웨인 · 김욱동 옮김
204 금오신화 김시습 · 이지하 옮김
205·206 테스 하디 · 정종화 옮김 미국대학위원회 선정 SAT 추천도서 | BBC 선정 꼭 읽어야 할 책
207 브루스터플레이스의 여자들 네일러 · 이소영 옮김
208 더 이상 평안은 없다 아체베 · 이소영 옮김
209 그레인지 코플랜드의 세 번째 인생 워커 · 김시현 옮김 퓰리처상 수상 작가
210 어느 시골 신부의 일기 베르나노스 · 정영란 옮김
211 타라스 불바 고골 · 조주관 옮김
212·213 위대한 유산 디킨스 · 이인규 옮김 서울대 권장도서 100선 | BBC 선정 꼭 읽어야 할 책
214 면도날 서머싯 몸 · 안진환 옮김
215·216 성채 크로닌 · 이은정 옮김
217 오이디푸스 왕 소포클레스 · 강대진 옮김 서울대 권장도서 100선
218 세일즈맨의 죽음 밀러 · 강유나 옮김
219·220·221 안나 카레니나 톨스토이 · 연진희 옮김 서울대 권장도서 100선

222 오스카 와일드 작품선 와일드 · 정영목 옮김
223 벨아미 모파상 · 송덕호 옮김
224 파스쿠알 두아르테 가족 호세 셀라 · 정동섭 옮김 노벨 문학상 수상 작가
225 시칠리아에서의 대화 비토리니 · 김운찬 옮김
226·227 길 위에서 케루악 · 이만식 옮김 《타임》 선정 현대 100대 영문소설 | 《뉴스위크》 선정 100대 명저
228 우리 시대의 영웅 레르몬토프 · 오정미 옮김
229 아우라 푸엔테스 · 송상기 옮김
230 클링조어의 마지막 여름 헤세 · 황승환 옮김 노벨 문학상 수상 작가
231 리스본의 겨울 무뇨스 몰리나 · 나송주 옮김
232 뻐꾸기 둥지 위로 날아간 새 키지 · 정회성 옮김 《타임》 선정 현대 100대 영문소설
233 페널티킥 앞에 선 골키퍼의 불안 한트케 · 윤용호 옮김 노벨 문학상 수상 작가
234 참을 수 없는 존재의 가벼움 쿤데라 · 이재룡 옮김
235·236 바다여, 바다여 머독 · 최옥영 옮김
237 한 줌의 먼지 에벌린 워 · 안진환 옮김 《타임》 선정 현대 100대 영문소설
238 뜨거운 양철 지붕 위의 고양이 · 유리 동물원 윌리엄스 · 김소임 옮김 퓰리처상 수상작
239 지하로부터의 수기 도스토옙스키 · 김연경 옮김
240 키메라 바스 · 이운경 옮김
241 반쪼가리 자작 칼비노 · 이현경 옮김
242 벌집 호세 셀라 · 남진희 옮김 노벨 문학상 수상 작가
243 불멸 쿤데라 · 김병욱 옮김
244·245 파우스트 박사 토마스 만 · 임홍배, 박병덕 옮김 노벨 문학상 수상 작가
246 사랑할 때와 죽을 때 레마르크 · 장희창 옮김
247 누가 버지니아 울프를 두려워하랴? 올비 · 강유나 옮김
248 인형의 집 입센 · 안미란 옮김
249 위폐범들 지드 · 원윤수 옮김 노벨 문학상 수상 작가
250 무정 이광수 · 정영훈 책임 편집 서울대 권장도서 100선
251·252 의지와 운명 푸엔테스 · 김현철 옮김
253 폭력적인 삶 파솔리니 · 이승수 옮김
254 거장과 마르가리타 불가코프 · 정보라 옮김
255·256 경이로운 도시 멘도사 · 김현철 옮김
257 야콥을 둘러싼 추측들 욘존 · 손대영 옮김
258 왕자와 거지 트웨인 · 김욱동 옮김
259 존재하지 않는 기사 칼비노 · 이현경 옮김
260·261 눈먼 암살자 애트우드 · 차은정 옮김 《타임》 선정 현대 100대 영문소설
262 베니스의 상인 셰익스피어 · 최종철 옮김
263 말리나 바흐만 · 남정애 옮김
264 사볼타 사건의 진실 멘도사 · 권미선 옮김
265 뒤렌마트 희곡선 뒤렌마트 · 김혜숙 옮김
266 이방인 카뮈 · 김화영 옮김 노벨 문학상 수상 작가 | 미국대학위원회 선정 SAT 추천도서
267 페스트 카뮈 · 김화영 옮김 노벨 문학상 수상 작가 | 국립중앙도서관 선정 청소년 권장도서
268 검은 튤립 뒤마 · 송진석 옮김
269·270 베를린 알렉산더 광장 되블린 · 김재혁 옮김
271 하얀 성 파묵 · 이난아 옮김 노벨 문학상 수상 작가
272 푸슈킨 선집 푸슈킨 · 최선 옮김
273·274 유리알 유희 헤세 · 이영임 옮김 노벨 문학상 수상 작가

275 픽션들 보르헤스 · 송병선 옮김 서울대 권장도서 100선
276 신의 화살 아체베 · 이소영 옮김
277 빌헬름 텔 · 간계와 사랑 실러 · 홍성광 옮김
278 노인과 바다 헤밍웨이 · 김욱동 옮김 노벨 문학상 수상 작가 | 퓰리처상 수상작
279 무기여 잘 있어라 헤밍웨이 · 김욱동 옮김 미국대학위원회 선정 SAT 추천도서
280 태양은 다시 떠오른다 헤밍웨이 · 김욱동 옮김 《타임》 선정 현대 100대 영문 소설
281 알레프 보르헤스 · 송병선 옮김
282 일곱 박공의 집 호손 · 정소영 옮김
283 에마 오스틴 · 윤지관, 김영희 옮김
284·285 죄와 벌 도스토옙스키 · 김연경 옮김 미국대학위원회 선정 SAT 추천도서
286 시련 밀러 · 최영 옮김
287 모두가 나의 아들 밀러 · 최영 옮김
288·289 누구를 위하여 종은 울리나 헤밍웨이 · 김욱동 옮김 노벨 문학상 수상 작가
290 구르브 연락 없다 멘도사 · 정창 옮김
291·292·293 데카메론 보카치오 · 박상진 옮김
294 나누어진 하늘 볼프 · 전영애 옮김
295·296 제브데트 씨와 아들들 파묵 · 이난아 옮김 노벨 문학상 수상 작가
297·298 여인의 초상 제임스 · 최경도 옮김 미국대학위원회 선정 SAT 추천도서
299 압살롬, 압살롬! 포크너 · 이태동 옮김 노벨 문학상 수상 작가
300 이상 소설 전집 이상 · 권영민 책임 편집
301·302·303·304·305 레 미제라블 위고 · 정기수 옮김
306 관객모독 한트케 · 윤용호 옮김 노벨 문학상 수상 작가
307 더블린 사람들 조이스 · 이종일 옮김
308 에드거 앨런 포 단편선 앨런 포 · 전승희 옮김 미국대학위원회 선정 SAT 추천도서
309 보이체크 · 당통의 죽음 뷔히너 · 홍성광 옮김
310 노르웨이의 숲 무라카미 하루키 · 양억관 옮김
311 운명론자 자크와 그의 주인 디드로 · 김희영 옮김
312·313 헤밍웨이 단편선 헤밍웨이 · 김욱동 옮김 노벨 문학상 수상 작가
314 피라미드 골딩 · 안지현 옮김 노벨 문학상 수상 작가
315 닫힌 방 · 악마와 선한 신 사르트르 · 지영래 옮김
316 등대로 울프 · 이미애 옮김 《타임》 선정 현대 100대 영문소설 | 《뉴스위크》 선정 100대 명저
317·318 한국 희곡선 송영 외 · 양승국 엮음
319 여자의 일생 모파상 · 이동렬 옮김
320 의식 노터봄 · 김영중 옮김
321 육체의 악마 라디게 · 원윤수 옮김
322·323 감정 교육 플로베르 · 지영화 옮김
324 불타는 평원 룰포 · 정창 옮김
325 위대한 몬느 알랭푸르니에 · 박영근 옮김
326 라쇼몬 아쿠타가와 류노스케 · 서은혜 옮김
327 반바지 당나귀 보스코 · 정영란 옮김
328 정복자들 말로 · 최윤주 옮김
329·330 우리 동네 아이들 마흐푸즈 · 배혜경 옮김 노벨 문학상 수상 작가
331·332 개선문 레마르크 · 장희창 옮김
333 사바나의 개미 언덕 아체베 · 이소영 옮김
334 게걸음으로 그라스 · 장희창 옮김 노벨 문학상 수상 작가

335 **코스모스** 곰브로비치·최성은 옮김
336 **좁은 문·전원교향곡·배덕자** 지드·동성식 옮김 노벨 문학상 수상 작가
337·338 **암 병동** 솔제니친·이영의 옮김 노벨 문학상 수상 작가
339 **피의 꽃잎들** 응구기 와 시옹오·왕은철 옮김
340 **운명** 케르테스·유진일 옮김 노벨 문학상 수상 작가
341·342 **벌거벗은 자와 죽은 자** 메일러·이운경 옮김 퓰리처상 수상 작가
343 **시지프 신화** 카뮈·김화영 옮김 노벨 문학상 수상 작가
344 **뇌우** 차오위·오수경 옮김
345 **모옌 중단편선** 모옌·심규호, 유소영 옮김 노벨 문학상 수상 작가
346 **일야서** 한사오궁·심규호, 유소영 옮김
347 **상속자들** 골딩·안지현 옮김 노벨 문학상 수상 작가
348 **설득** 오스틴·전승희 옮김
349 **히로시마 내 사랑** 뒤라스·방미경 옮김
350 **오 헨리 단편선** 오 헨리·김희용 옮김
351·352 **올리버 트위스트** 디킨스·이인규 옮김
353·354·355·356 **전쟁과 평화** 톨스토이·연진희 옮김
357 **다시 찾은 브라이즈헤드** 에벌린 워·백지민 옮김
358 **아무도 대령에게 편지하지 않다** 마르케스·송병선 옮김
359 **사양** 다자이 오사무·유숙자 옮김
360 **좌절** 케르테스·한경민 옮김 노벨 문학상 수상 작가
361·362 **닥터 지바고** 파스테르나크·김연경 옮김 노벨 문학상 수상 작가
363 **노생거 사원** 오스틴·윤지관 옮김
364 **개구리** 모옌·심규호, 유소영 옮김 노벨 문학상 수상 작가
365 **마왕** 투르니에·이원복 옮김 공쿠르상 수상 작가
366 **맨스필드 파크** 오스틴·김영희 옮김
367 **이선 프롬** 이디스 워튼·김욱동 옮김 퓰리처상 수상 작가
368 **여름** 이디스 워튼·김욱동 옮김 퓰리처상 수상 작가
369·370·371 **나는 고백한다** 자우메 카브레·권가람 옮김
372·373·374 **태엽 감는 새 연대기** 무라카미 하루키·김난주 옮김
375·376 **대사들** 제임스·정소영 옮김
377 **족장의 가을** 마르케스·송병선 옮김 노벨 문학상 수상 작가
378 **핏빛 자오선** 매카시·김시현 옮김
379 **모두 다 예쁜 말들** 매카시·김시현 옮김
380 **국경을 넘어** 매카시·김시현 옮김
381 **평원의 도시들** 매카시·김시현 옮김
382 **만년** 다자이 오사무·유숙자 옮김
383 **반항하는 인간** 카뮈·김화영 옮김 노벨 문학상 수상 작가
384·385·386 **악령** 도스토옙스키·김연경 옮김
387 **태평양을 막는 제방** 뒤라스·윤진 옮김
388 **남아 있는 나날** 가즈오 이시구로·송은경 옮김
389 **앙리 브륄라르의 생애** 스탕달·원윤수 옮김
390 **찻집** 라오서·오수경 옮김
391 **태어나지 않은 아이를 위한 기도** 케르테스·이상동 옮김 노벨 문학상 수상 작가
392·393 **서머싯 몸 단편선** 서머싯 몸·황소연 옮김
394 **케이크와 맥주** 서머싯 몸·황소연 옮김

395 월든 소로 · 정회성 옮김
396 모래 사나이 E. T. A. 호프만 · 신동화 옮김
397·398 검은 책 오르한 파묵 · 이난아 옮김 노벨 문학상 수상 작가
399 방랑자들 올가 토카르추크 · 최성은 옮김 노벨 문학상 수상 작가
400 시여, 침을 뱉어라 김수영 · 이영준 엮음
401·402 환락의 집 이디스 워튼 · 전승희 옮김
403 달려라 메로스 다자이 오사무 · 유숙자 옮김
404 아버지와 자식 투르게네프 · 연진희 옮김
405 청부 살인자의 성모 바예호 · 송병선 옮김
406 세피아빛 초상 아옌데 · 조영실 옮김
407·408·409·410 사기 열전 사마천 · 김원중 옮김 서울대 권장도서 100선
411 이상 시 전집 이상 · 권영민 책임 편집
412 어둠 속의 사건 발자크 · 이동렬 옮김
413 태평천하 채만식 · 권영민 책임 편집
414·415 노스트로모 콘래드 · 이미애 옮김
416·417 제르미날 졸라 · 강충권 옮김
418 명인 가와바타 야스나리 · 유숙자 옮김 노벨 문학상 수상 작가
419 핀처 마틴 골딩 · 백지민 옮김 노벨 문학상 수상 작가
420 사라진 · 샤베르 대령 발자크 · 선영아 옮김
421 빅 서 케루악 · 김재성 옮김
422 코뿔소 이오네스코 · 박형섭 옮김
423 블랙박스 오즈 · 윤성덕, 김영화 옮김
424·425 고양이 눈 애트우드 · 차은정 옮김
426·427 도둑 신부 애트우드 · 이은선 옮김
428 슈니츨러 작품선 슈니츨러 · 신동화 옮김
429·430 세계의 끝과 하드보일드 원더랜드 무라카미 하루키 · 김난주 옮김
431 멜랑콜리아 I–II 욘 포세 · 손화수 옮김 노벨 문학상 수상 작가
432 도적들 실러 · 홍성광 옮김
433 예브게니 오네긴 · 대위의 딸 푸시킨 · 최선 옮김
434·435 초대받은 여자 보부아르 · 강초롱 옮김
436·437 미들마치 엘리엇 · 이미애 옮김
438 이반 일리치의 죽음 톨스토이 · 김연경 옮김
439·440 캔터베리 이야기 제프리 초서 · 이동일, 이동춘 옮김
441·442 아소무아르 에밀 졸라 · 윤진 옮김

세계문학전집은 계속 간행됩니다.